31号纽因客栈迷案

The Mystery of 31 New Inn

[英] 理查德·奥斯汀·弗里曼 著

孔文 孙胜男 译

世界经典推理文库 9

人民文学出版社

图书在版编目(CIP)数据

31号纽因客栈迷案/(英)理查德·奥斯汀·弗里曼著；孔文,孙胜男译.—北京：人民文学出版社,2017
（世界经典推理文库）
ISBN 978-7-02-013467-0

Ⅰ.①3… Ⅱ.①理… ②孔… ③孙… Ⅲ.①推理小说-英国-现代 Ⅳ.①I561.45

中国版本图书馆CIP数据核字(2017)第253611号

责任编辑	朱卫净　张玉贞
封面设计	高静芳

出版发行	人民文学出版社
社　址	北京市朝内大街166号
邮政编码	100705
网　址	http://www.RW-cn.com
印　刷	山东临沂新华印刷物流集团有限责任公司
经　销	全国新华书店等
字　数	160千字
开　本	890毫米×1240毫米　1/32
印　张	7.375
版　次	2018年6月北京第1版
印　次	2018年6月第1次印刷
书　号	978-7-02-013467-0
定　价	35.00元

如有印装质量问题，请与本社图书销售中心调换。电话:010－65233595

● 目　录

1　第一章　神秘病人
21　第二章　桑戴克制定计划
32　第三章　途中笔记
50　第四章　警方观点
58　第五章　杰弗里·布莱克莫尔的遗嘱
72　第六章　逝者杰弗里·布莱克莫尔
85　第七章　楔形文字铭文
106　第八章　路线图
116　第九章　神秘的宅子
133　第十章　猎者被猎
150　第十一章　回顾布莱克莫尔案
165　第十二章　头　像
175　第十三章　塞缪尔·威尔金斯的陈词
190　第十四章　桑戴克"布雷"
197　第十五章　桑戴克引爆地雷
210　第十六章　爆炸与悲剧

第一章 神秘病人

回想起与桑戴克共事的那些年,有着太多的历险和奇遇。我记录了其间许多故事,譬如,与那些在伦敦大本钟声中度过一生的人之间的纠葛。不过,现在突然意识到,我还未记下我与这位博学的天才朋友之间的恒久友谊,以及那一段特殊的经历,或许那才是一场最惊人、最令人难以置信、也是最有趣的历险,标志着我人生中一段相当低迷不快时期的结束。

追溯所有奇特事件的起点,记忆便停在一间破旧的小屋里,它位于肯宁顿街一栋房子的底楼。小屋的墙上挂着两张镶着框的毕业证书,一张写字台上摆着视力表和听诊器,问诊桌旁边是我坐的圆背椅子,所有这一切表明这是间医生的诊室,而我就是这儿的执业医生。

将近晚上九点,壁炉架上的闹钟开始报时,那狂乱的滴答声似乎同我的心情一样,急于结束这一天的坐诊。我怅惘地瞥了一眼脚上溅满泥水的靴子,想着是不是穿上破沙发下面的拖鞋,好让自己舒服点。我甚至开始放任自己去想那只装在大衣口袋里的烟斗了。再过一分钟,我便可以关门休息。突然,闹钟发出一阵类似开场白的咳嗽或打嗝声,好像在说:"咳咳!女士们,先生们,我要罢工了。"就在那时,门童打开门,探进头,蹦出简单的一句:"是位先生。"

极度精简的话语容易导致语意不明,因为我知道,在肯宁顿街这个地方,除了小姐和孩童,男女称呼无区别,统称为先生。小门童更是有礼貌,把清洁工、工人、牛奶工、卖果蔬的小贩等统一冠以"先生"的头衔,以突显他们的地位。

走进来的这位先生从外表看似乎是为贵族们驾驶出租马车的。他进屋时先碰碰帽子,小心翼翼关上门,一言不发,递给我一个信封,上面写着"斯蒂尔布里医生"。

我一边准备打开信封一边说:"你要知道,我不是斯蒂尔布里医生。他出去了,我只是帮他看病。"

"没关系,反正您也会看病。"他答道。

我打开信封,里面有张便条,上面写道:"亲爱的先生,您能否好心前来为我朋友看病?信使会为您介绍详情并送您到我这儿来。您真诚的韦斯。"

内容很简短,没写地址和日期,也没有任何引人注意的地方。我不认识这位韦斯。

"这个便条提到的详情是指什么?"我问道。

车夫将手抬过头顶做了一个尴尬的手势。"这是件荒谬的事,"他轻蔑地大笑道,"我要是韦斯先生的话,必定不管这事。病人格雷夫斯先生是那种不能忍受看医生的人。他已经病了一两周了,却死活不肯看医生。无论韦斯先生怎么劝,他就是无动于衷，不愿看病。韦斯先生威胁说，他若再不同意，韦斯先生就说自己病了，一定要请一位医生来，因为，您知道的，他有点紧张；而后格雷夫斯先生让步了，但有一个条件，他说不能请附近的医生，并且不能透露姓名、住址等一切有关他身份的信息；他还要韦斯先生请医生之前就做好承诺。韦斯先生答应了，当然他得信守诺言。"

"可是，你刚刚还说了他的名字啊——如果他真叫格雷夫斯的话。"我笑着说。

"是这样哦。"车夫说。

"还有，"我补充道，"虽然不告诉我他住哪儿，但我自己能看到啊。你知道，我又不瞎。"

"您可以试试看，"车夫回答，"问题是，您会接这份活吗？"

是啊，这是个问题，我得考虑一会儿才能回答。作为医生，我们相当熟悉那类"不能忍受看医生"的病人，也尽可能避而远之。这种病人无感恩之心，牢骚满腹。与他们的相处也不愉快，他们老是惹麻烦，还不配合治疗。这要是我自己的诊所，我就一口推掉。可这不是，我只不过是一名助理医生。我不能轻易拒绝一份会给我的主管医生带来收益的工作，尽管它可能是一份不愉快的工作。

我一边思忖着，一边假装无意地仔细观察着车夫，这多少让他有些尴尬。那是一张带有几分诡诈的让人不太喜欢的脸，一撮油腻腻、红通通的小胡子，和他身上的制服完全不相配，头上戴了一顶假发（这并非什么丢脸的事），手里拿着帽子，大拇指的指甲因伤有些畸形，虽不雅观，但毕竟这些与人品无关。但我确实不喜欢他的外表，不喜欢他的面相，就像讨厌这次外出任务一样。他就一直站在门边，昏暗的灯光聚在门诊桌和患者坐的椅子上。他给我留的印象不好，但我感觉到他热切地看着我，眼神中交织着焦虑和诡秘的自得，这让我感到非常不悦。尽管如此我还是决定接下这个病例。

我最终回答说："我想病人是谁、住哪里与我无关。但你打算怎么送我过去？蒙上双眼，像去土匪窝一样吗？"

那个人轻轻咧嘴笑了，看起来如释重负。

"不，先生，"他答道，"不会蒙上您的眼睛。我在外面备好了马车，我想您在车里往外看不到什么。"

"好极了，"我打开门请他出去，说，"我马上就过来。我想你不清楚病人得的是什么病吧？"

"是的，先生，我不清楚。"他回答说，然后出门回到马车旁。

我匆匆带上一个急诊包，里面装着各种急救药品，还有一些诊断器械，关上一些设备，穿过诊室走了出去。马车就停在路边，车夫守在那儿，门童饶有兴趣地看着。我既好奇又厌恶地看着那辆马车。那是一辆宽大的四轮马车，就是商旅用的那种，常用的玻璃窗换成了木质百叶窗，企图把车箱隐匿起来，门可从外面用铁锁锁上。

见我从房子里出来，车夫用钥匙打开车门并为我开门。

"路程要多久？"我问道，脚停在台阶上。

他想了一下回答说:"我来的时候花了大约半个小时。"

听到这个我很高兴。路上半小时,在病人那儿看诊半小时。那样的话,我十点半前就能到家了,但说不定又会发现别的信使不合时宜地在门口等我。

我心里嘀咕着,诅咒着那位身份不明的格雷夫斯先生和不得安宁的值班医生的生活。我上了那辆讨人厌的车,车夫立刻关上车门,用钥匙锁上,把我一人留在一片漆黑中。

口袋里的烟斗陪着我,那是唯一的安慰。我摸着黑,装上烟丝,用火柴点着,借机查看了一下这个小囚笼的内部:里面很破,被虫蛀了的蓝布坐垫看起来好久没人用过了,油布地毯磨得都是洞,车里没有一件正常的东西。

但能看得出为了这次使用,这辆怪车经过了精心布置。里面的门把手明显被拿掉了;木质百叶窗被牢牢地固定住;窗子下面的横档上都贴着纸签,好像是为了遮住原来漆在上面的租车老板或出租马车行的名字和地址而故意贴上去的。

观察到的这一切让我陷入深思。

如果他已考虑到对格雷夫斯先生的承诺需要投入如此多的预防措施,这个韦斯先生一定是个极其谨小慎微的人,显然,普通做法并不能满足他的敏感心理。除非他有理由透漏给我格雷夫斯先生保守秘密的无理要求,否则换作任何人都会推测这些保密措施就是他亲手布置的。

由此接下来的联想有点令我不安。我要被带到哪里去?目的是什么?脑子里突然冒出一个想法:我要被带去一个贼窝,可能会遭到抢劫或有可能被谋杀，但我笑着打消了这个念头。贼是不会精心筹划打劫我这样的穷鬼的。若真打劫我，也算是对穷小子的补偿了。但也有其他可能。根据以往的经验，有时医生确实会被强制或非强制召来，目睹或参与某个非法组织的一系列活动。

虽然这趟怪异的旅途有些不愉快，但我脑中有不少类似的天马行空的想象，以此自娱。另外，其他思考也分散了我的注意力，这倒也减轻了途中的无聊感。比如说，我注意到当大脑中的某一意识暂时搁置，另一意识就会涌入取而代之，很有意思。我坐在黑暗中吸着烟斗，慢慢燃烧的烟丝发出点点微弱的光，似乎与整个世界隔绝了一样，但我的听觉异常敏锐。马车硬生生的弹簧和铁轮的颠簸震动声精准反映出路况：咔哒咔哒的花岗石路，软绵绵但崎岖不平的柏油碎石路，轰隆轰隆的木板路，转弯的电车发出的吱吱嘎嘎声。所有这一切都很容易辨别，一起勾勒出我所路过街区的大体特征。听觉填补了细节。现在，一声拖船的鸣笛声表明我们在河附近；一阵突然而短促的轰鸣声表明我们正从一个铁道拱门下方经过（顺便提一下，这一路上出现了好几次）；当我听到熟悉的铁路警卫的哨声和随之火车头的迅速滑行声时，脑海中清晰呈现出一幅一辆满载乘客的火车驶出站台的画面，如同白天我亲眼所见一般。

我刚刚抽完烟，拿烟斗在鞋跟磕掉烟灰，马车便减速驶进了一条荫蔽的路，我能从空洞的回声判断出。而后我听到身后厚重的木门当啷一声关闭了。不一会儿，便有人开了锁，打开车门。我走出车，眨眨眼，看见一条树阴遮蔽的鹅卵石路，一直通向马厕。可是太黑了,我还来不及仔细观察,马车就已经驶向了另一边一道开着的门,门口站着一个女人,手里掌着一支蜡烛。

"您是请来的医生吗?"她问道,一口浓重的德国口音,一边用手遮着蜡烛一边盯着我,细细地打量着。

我说是,她高兴地说:"您能来真好,韦斯先生一定会感到如释重负的。请进吧。"

我跟着她穿过一条漆黑的走廊,走进一间黑乎乎的屋子,她把蜡烛放在一个橱子上,转身准备离开。然而,她在门口停下,回头说:"很抱歉让您在这里等,现在一切都乱糟糟的,但请您一定要原谅。我们为可怜的格雷夫斯先生已经够焦心的了。"

"他病了有一阵子了吗?"

"是的,有一阵子了,情况时好时坏。"

她一边说着一边慢慢退到走廊,但没有立刻离开。于是我接着追问:"他没看过任何医生,是吗?"

"是的,"她回答说,"他一直拒绝看医生。这对我们来说可真是个大麻烦。韦斯先生一直很担心他。他听说您来了一定会特别高兴。我最好去告诉他。您可以坐下等他来。"说着她便去给韦斯先生传话了。

想到韦斯先生那么担心而情况又那么紧急,我感觉有点怪。他不应该一直等我这个医生啊。几分钟过去后他仍未出现,周遭的环境让我越发觉得怪异。一路舟车劳顿后,我一点都不想坐着了,于是便打量房间来消磨时间。这间屋子也怪怪的,空荡荡、脏兮兮的,没人打扫,显然也没人住。地上胡乱铺着一块褪了色的地毯,屋子中央有一张小破桌,此外还有三把椅子和一个橱柜,这就是所有的家具了。发霉的墙上没挂任何画,百叶窗也没挂窗帘,天花板上垂下来黑乎乎的蜘蛛网,说明蜘蛛已在被弃用数月的屋子里统治很久了。

那个橱柜最吸引我,它离我最近,也是烛光照得最亮的地方,不过它在这间看似餐厅的房间里显得十分不相称。这个极其破旧不堪、估计不久就会朽废的旧橱柜由几近黑色的上好红木制成,看得出它原来绝对是件令人羡慕的好东西,我真为它现在破烂的样子感到惋惜。我饶有兴致地仔细研究着它,发现橱柜的一角贴着一张印着"第201批"的标签。正在这时,传来了下楼的脚步声。不一会儿门开了,一个人影影绰绰地站在门口。

"晚上好,医生。"那个陌生人的声音低沉而平静,操着一口明显却不浓重的德国腔,"让您久等了,实在抱歉。"

我有些冷冷地接受了他的歉意后问:"我想您就是韦斯先生吧?"

"是的,正是。您能接受我朋友的荒诞情况,还这么晚远程赶来实在是太好了。"

"没关系,"我答道,"我什么时间想去哪儿是我的事,而病人的隐私不关我的事。"

"说得很对,先生,"他赞同道,"您能对此事持有这种态度我深表感激。我跟我朋友讲过了,但他太不通情达理,天性多疑,神秘兮兮。"

"我猜也是。那么,他的病情很严重吗?"

"啊,"韦斯先生说,"这正是我要跟您讲的,他让我十分困惑不解。"

"那他得的到底是什么病?他说自己哪儿不舒服?"

"他虽然病得很重,却很少说难受,事实上他基本是半昏迷状态,终日半梦半醒、神志不清。"

这让我感到极怪,很难相信他病成那副样子,还坚持拒看医生的原因。

"不过,"我问,"他从没彻底醒来过?"

"哦,是的,"韦斯先生立刻答道,"他偶尔清醒过来,意识相当清楚,不过如你所料,人相当固执。这事怪就怪在这里,他时而不省人事,时而几乎正常。或许您最好先亲自看看他的情况。他刚刚病发严重。请跟我来,楼梯很黑,小心点儿。"

楼梯确实很黑,我注意到上面竟然没铺地毯,甚至连油布都没有,以至于屋里回荡着我们阴森的脚步声,仿佛走在一幢空房里一样。我跟着他从一楼摸索着楼梯扶手跌跌撞撞地上了楼,进了一间和楼下类似的房间,虽然没刚才那间那么邋遢,但也没什么家具。只有一支蜡烛在屋子最里面发出微弱的光,照在床上,其余地方都一片昏暗。

韦斯先生踮着脚轻声走进去,床边一个女人起身悄悄从后门离开了,那女人正是刚刚在楼下和我说话的那位。他停下来,凝视着床上的病人呼唤着:"菲利普!菲利普!医生来了。"

床上的人无任何回应,他停了片刻说:"他和平常一样在昏睡,您能来诊断一下吗?"

我走到床边，韦斯先生待在门口，在黑暗里小心翼翼地慢慢来回踱步。借着烛光，我看到那是一位长得五官端正、看上去睿智甚至迷人的老人，只是极其消瘦憔悴，脸色蜡黄，毫无血色。他静静地躺着，只有胸部微微起伏；双眼似闭，表情放松，尽管没有完全熟睡，却处于恍惚昏睡的状态，好像服了镇静剂一样。

我先用表计数了一下他一分钟内缓慢呼吸的次数，然后突然大声喊他的名字。可他只是微微抬了一下眼皮，困倦地瞥了我一眼，便又昏睡过去。

我开始对他进行身体检查。先摸摸他的脉搏，然后用力抓住他的手腕，想把他从昏睡中唤醒。他的脉搏跳得缓慢，微弱不齐，显然一个生命在渐渐消逝。我仔细听了听他的心跳，心跳声穿过消瘦的胸部清晰可闻，除了微弱并无任何异常。然后，我又借着烛光用眼底镜检查了他的眼睛，费劲地抬起他的眼睑，查看整个虹膜。可是我对他这些敏感器官的粗暴行为却没有引起他任何反应，甚至我举着蜡烛贴近他双眼时他都没有表现出不适。

进一步的检查很容易解释他为何没有反应了，他的瞳孔极度收缩，变成了灰色虹膜正中的一个很小的黑点。这并非病人眼睛的唯一异常之处，他平卧时，右侧虹膜轻度垂向中心，明显呈现一个凹面；当我使他的眼球迅速轻微转动时，可感受到明显波动。事实上，病人有虹膜震颤现象，这种现象通常为治疗白内障，抽出水晶体才会出现，或是因意外移位导致虹膜失去支撑。但从病人目前的情况来看，虹膜整体状态表明他并未接受过水晶体提取手术，仅凭眼底镜我也看不出他曾做过"针式微创术"。我推断病人是意外晶状体脱位，从而进一步推断出他的右眼几乎或全部失明。

他鼻梁上明显由眼镜压出的凹痕表明我的推断似乎不对，因为在他耳后发现了眼镜腿挂钩留下的压痕，这说明他平常就戴眼镜。那种印痕通常是长期佩戴眼镜所致，偶尔为了阅读而佩戴眼镜不会留下那么深的压印，鼻梁上的凹印也同理。但他要是一只眼好使的话，戴一只单片眼镜就可以了；不过也很难说，因为长期戴单片眼镜远不如一副有镜腿的眼镜方便。

至于病人的病症，只有一种可能，是典型的鸦片或吗啡中毒。他所有的症状——舌苔浊厚、肤色蜡黄、面如死灰、瞳孔收缩、神志不清地任人折腾都不省人事，都表明很可能如此。我趴到他耳边大声告诉他伸出舌头，他颤巍巍地慢慢伸出，一切症状都显而易见，的确是毒品中毒，而且剂量非同一般。

这个结论让人匪夷所思，难以理解。如果他服用了导致中毒的大剂量毒品，又是谁通过何种方式给他服用的呢？我仔细检查了病人的四肢，并未发现任何注射针眼的蛛丝马迹。这人显然不是普通的有吗啡毒瘾的人，他身上也无常见的吸毒针眼，没有任何迹象能表明病人是自愿吸毒还是被他人强制注射。

还有一种可能——或许是我误诊了。我一向对自己的医术相当自信，但智者不会盲目自信。眼下看到的病人病得这么重，这种疑虑令我不安。我掏出听诊器对面前这个一动不动的人做最后的检查，意识到自己正处于一种特别棘手的窘困境地：一方面，周遭非比寻常的环境让我疑虑丛生，但对此我只想缄默不语；但另一方面，作为医生，我要了解病情，需要提出一些有用的可行性建议。

我起身离开床边，韦斯先生停下脚步面对着我，微弱的烛光照在他脸上，我这才第一次清楚地看清他的面容。这是位英俊的典型德国男人，身材宽厚，肩膀浑圆，五官粗犷，颜色饱满的头发油亮柔顺地梳下来，浅褐色的胡须乱蓬蓬，鼻子又大又厚，圆鼻头红得有点发紫，鼻子周围也是这个颜色，好像被鼻子染了色似的。粗大的眉毛高高挑起，挂在深深的眼窝上。他戴着一副眼镜，看起来有点像只猫头鹰。我不太喜欢他的长相，自然对他也无好感。

"那么，"他说，"您对他怎么看？"我犹豫着不知所措，必须小心谨慎又要诚实坦白，这令我很矛盾，但我最终回答："我认为他的病情很糟，韦斯先生。他目前的状态很不好。"

"确实，我也看得出。不过您诊断出他得的是什么病了吗？"

他的语气里透露着焦虑和难以抑制的急切。虽然在这种情况下，这种反应很自然，但并没有打消我的疑虑，反而更加警惕了。

"目前我还不能下定论，"我小心答道，"他的症状相当令人费解，很可能是好几种病的并发症。有可能是由脑淤血引起，若无其他可能，我推断他间歇性的昏迷是因为诸如鸦片、吗啡这类的致幻剂中毒所致。"

"不可能！这房子里没有毒品，而且他现在寸步不离这个房间，也不可能从外面得到。"

"仆人呢？"我问。

"除了管家，这没有仆人，而且她绝对可靠。"

"或许他有些存货您并没注意到呢？他通常都是一个人待着吗？"

"他很少独处。我尽可能陪他，要是我得离开，管家莎莉巴姆夫人会陪着他。"

"他经常处于这种昏睡状态吗？"

"哦，通常都是这样，其实，我得说这是他的常态。他偶尔会醒来一个小时左右，头脑十分清醒，状态也很正常，但一会儿又昏迷过去了，就这样一直昏睡或是半睡半醒。您知道有可能其他什么病会导致这种情况吗？"

"不知道。"我回答。"他的症状并不很像我所了解的疾病，却像极了鸦片中毒。"

"可是，亲爱的先生，"韦斯先生不耐烦地反驳说，"他显然不可能是鸦片中毒，肯定是什么别的病。还能是什么呢？您刚刚不是说脑淤血吗？"

"是的。但他时而完全清醒却与脑淤血的病症相悖。"

"不能说是完全清醒，"韦斯先生说，"所谓清醒只是相对而言。他头脑清醒时，举止虽然看似自然，但仍是木讷瞌睡的状态。比如，他一点出去或离开房间的欲望都没有。"

我很不自在地琢磨着他这些矛盾的话，显然韦斯先生不愿接受鸦片中毒这种解释。他若是完全不知道有毒品这回事也是自然的。不过——

"我想,"韦斯先生说,"您应该见过类似嗜睡症的病吧?"

他这说法着实让我吃惊。我没见过那种病,没人得那种病,实际上那个时候根本没那种病。这不过是他出于对病理的好奇才冒出来的想法,除了在偏远非洲的几个执业医师听说过这病,没人听说过,也没有专业书籍记载过。我不觉得他这病与携带锥形虫病原体的昆虫有关,我真的完全不能理解他的病症。

"不,我没见过,"我回答,"您说的这病我只听说过但从未亲眼目睹过。您怎么会这样问?格雷夫斯先生出过国吗?"

"是的,过去的三四年他一直在外游历,据我所知他最近在西非待了一阵子,那里就有这个病。其实,我最初是听他提到这个病的。"

这可是个新线索,这个说法有些让我对自己的诊断开始动摇了,同时也要重新考虑我的怀疑了。如果韦斯先生在撒谎,那他就让我陷入了很被动的抉择境地,这对我很不利。

"您怎么看?"他问。"有可能是嗜睡症吗?"

"不能说没可能,"我回答,"我真的不清楚这个病,我没出过国也没机会研究这病。既然没仔细研究过,我就不能提任何观点。当然了,要是能亲眼见一次格雷夫斯先生头脑清醒的状态,我就能更好地诊断了。您认为我能见到吗?"

"可以的,我清楚这重要性,必然会尽力而为;不过他这人很不好相处,相当难相处。我真心希望他得的不是嗜睡病。"

"为什么?"

"因为听他讲这病致命,迟早要人命,似乎无法治愈。您觉得再看他一次的话您能断定出他的病吗?"

"但愿如此。"我答道,"我要查阅一些权威资料来判断他的病症究竟是不是嗜睡症,但我记得目前可用的相关信息寥寥无几。"

"与此同时,我该怎么做呢?"

"给他服用些药,注意观察平时状态,要是他醒了,您最好尽量第一时间通知我。"我本想说,若是吗啡中毒,按我之前的建议来治疗,药效会对病人目前的状态起到一定作用,但我现在闭口不谈或许是最明智的做法。因此,我只提了一些照顾病人的指导建议,韦斯先生用心听着。"此外,"我总结道,"一定不能忽视鸦片的问题。您最好仔细搜一下房间,密切注意病人,尤其是在他清醒的时候。"

"好的,医生,"韦斯先生答道,"我会照您所说的去做,要是您能接受格雷夫斯先生荒谬的情况,我会尽快再请您来。我现在就付给您出诊费,您先开处方,我这就去叫车送您回去。"

"不需要开处方,"我说,"回去后我开些药让车夫转交给您。"

韦斯先生好像反对我的安排,但我有自己的理由来坚持这样做。现在的处方很易读懂,我并不想让韦斯先生知道我给病人开的是什么药。

趁他出去叫车,我立刻回到床边去看那张面无表情的脸。看他的时候我又疑虑重生。这症状实在太像吗啡中毒了;要真是吗啡，也不是一般的剂量。我打开包，从注射器盒里拿出几片阿托品倒在手，扒开他的下唇把药片放在他的舌下，然后迅速收起注射器盒放回包里。我刚做完，门就轻轻开了，管家走了进来。

"您觉得格雷夫斯先生怎么样？"她小声地问，不过目前病人处于昏睡状态，她完全没必要这么做。

"他看起来病得很重。"我说。

"是啊！"她又说，"听您这么说我深表遗憾，我们一直都很担心他。"

她在床边的椅子上坐下，用灯罩遮起蜡烛，从腰间挂着的一个口袋里拿出还没完工的袜子开始静静地织起来，技能娴熟，俨然一副德国家庭主妇的样子。我细细看着她（尽管她坐在阴影里我看不太清楚），不知怎的，她看起来也同样让我毫无好感，可她长得并不难看。据我判断，她的年龄在三十五岁左右，身材姣好，有种上流社会人的气质；五官精致，肤色虽有点不同寻常，但并不令人讨厌。和韦斯先生一样，她的发质也很好，油亮柔顺，中分着梳下来，像画里的荷兰娃娃一样。她看起来好像完全没长眉毛，可能是毛色太浅的缘故。这个长得像娃娃一样的女人眼眸迷人，介于棕色和深灰之间。更怪的是，她有习惯性抽搐动作，就像孩子一紧张所常有的那种动作，头部会时不时地快速抽搐，好像要把帽带或挂锁从脸颊上甩下去一样。

马车本该一直在外面候着的，却费了好一会工夫才准备好。我越来越不耐烦了，坐着听病人虚弱的呼吸和管家的织针碰撞。我想回家，不只为我自己，病人的病情急需尽快治疗。可时间一分分拖着,我正要催问,楼梯间响起了铃声。

"车备好了,"莎莉巴姆夫人说,"我为您掌灯下楼吧。"

她拿起蜡烛起身把我带到楼梯口,然后持着烛灯站在护栏后面为我照亮。借着远处昏暗的烛光,我下了楼,穿过走廊,走到敞开的门边。借着那烛光,我看到马车已经遮得严严实实的了,那个车夫站在车边的阴影里。我环顾四周,很希望能见到韦斯先生,但他没出现,于是我便上了车。车门立刻砰的一声被关上并锁住,然后我听见大门的门闩被放下和铰链发出的巨大嘎吱声。马车缓缓驶出,然后停住,身后的大门随即关上。车夫爬上车时我感觉到了车身的倾斜,很快我们就上路了。

返程中我反而感到很愉快,因为有一堆事情要思考。看来,我被卷入了一场可疑的事件。当然,可能这种感觉是因为这事件的怪异和神秘性所致。如果我是被正常带过去,我可能就不会对病人的病症起疑心或警惕。或许如此,但这种想法并没能宽慰我自己。

我的诊断或许有误。事实上这病可能是由某种压力导致的脑部疾病,比如慢性脑出血、脓肿、肿瘤或普通的脑淤血。这些病有时很难诊断出,但此项病例的各种症状并不与上述任何一种病相一致。嗜睡症倒是更可能,但在我了解相关知识前不能做出判断。不过,他的病症与吗啡中毒症状完全一致。

尽管如此,却没有任何犯罪事实的证据。病人可能是个老吸毒者,所有病症不过是一个精心策划的骗局。这些可怜家伙的狡诈显而易见,善于掩饰和撒谎。那个男人很可能在监视下假装重度昏迷，等剩下他一个人的时候就突然跳下床去，吸食他私藏的毒品，这很符合他拒绝看病并强烈要求保密的特点。不过我还是难以相信这种解释。暂不考虑病人间歇性苏醒的各种可能性，我还是怀疑韦斯先生和那位古怪又沉默寡言的女管家，对此我深信不疑。

这件事中的所有情况都很可疑：载我来的马车精心布置过；房间的摆设简单拼凑；尽管有位车夫但家中没有仆人；韦斯先生和那女人明显不想让我见房里的其他人；还有，最重要的一点，韦斯先生故意跟我撒了谎，毫无疑问他撒了谎。他所讲的病人几乎处于持续昏迷状态和病人的固执完全矛盾，更矛盾的是病人鼻梁上深深的眼镜印表明最近他还在戴眼镜。那人二十四小时内绝对戴过眼镜，但他若是几乎处于昏迷状态是不可能做到的。

马车停下来，打断了我的思绪。车门打开，我从漆黑憋闷的囚笼中走出来，站在自己的房前。

"稍等一两分钟，我拿药给你。"我对车夫说。用钥匙开门时，我的思绪从思考这种蹊跷事又回到病人的严重病情。我开始后悔刚刚没用更刺激的方式唤醒他，使他恢复垂危生命的活力；因为要是他病情恶化或者在车夫带药回去之前死了，那就太糟糕了。想到这里，我迅速配好药，匆匆拿着包好的药瓶出去，送给车夫，他正站在马头边。

"尽快赶回去，"我说，"告诉韦斯先生立刻给他喝下小瓶里的药水。标签上有服用说明。"

车夫没回答，接过我的药包爬上车座，用鞭子碰碰马头迅速驱车，朝纽因顿柏兹路驶去。

　　诊室里的小钟显示将近十一点了；到了疲惫的药学毕业生该睡觉的时间，可我却不困。简单吃过晚餐后，我又陷入深思。我拿出最后一斗烟，在已经熄火的炉边慢慢抽着。这件事给我一种诡异不祥的感觉，让我始终放不下。我在斯蒂尔布里的文献资料库里查询有关嗜睡症的信息，却只查到这是"一种罕见疾病，目前鲜为人知"。我又查询了吗啡中毒，更加确信自己的诊断正确无误。

　　此时，我陷入巨大的困境，担负着巨大的责任，我必须做出决断。我该怎么办？秉持职业操守保持沉默、保守秘密，还是向警察透露一点线索？

　　突然，我想到了好友约翰·桑戴克，他是法医界的权威人士，我可以向他求救，这让我有种释然的感觉。我曾在一个案子中作为临时助理与他共事过，他学识渊博、洞察力敏锐、智慧非凡，让我印象深刻。桑戴克是很多领域的出庭律师，他应该能马上从法律角度告诉我该怎么做；而且，作为一名医生，他应该了解医学方面的紧急事件。要是我能有空到律师学院拜访他，跟他当面细细讲一下这个案子，所有的疑虑和难题就都能解决了。

　　我急忙翻开访客预约表，查看明天上午的工作安排。明天工作不忙，上午有空打电话，但我不确定是否能抽出时间可以亲自拜访老友。突然，我看到了页尾波顿先生的名字，他现居布弗里街东边的一栋老宅，离桑戴克在皇家律师委员会的住处不到五分钟的路程；而且，他是个老病号，可以放心留到最后。为波顿先生看完病后，我就可以抓住从医院回家这段有利时间，去见我的朋友。我可以和桑戴克聊很久，聊完后搭辆马车还可以及时赶回，继续傍晚的工作。

这对我而言是个极大的安慰。一想到和一位判断力绝对可靠的朋友分享自己的经历，我的窘状好像瞬间消失了。把这次会面加进日程单后，我的精神好多了，起身磕掉烟斗里的烟灰，与此同时那只小钟也不耐烦地敲起了午夜零点的钟声。

第二章　桑戴克制定计划

我从都铎街的大门一进到律师所,所见的一切便让我油然生出愉悦亲切之感。曾经与桑戴克共办著名的霍恩比案,也就是报纸所称的"红拇指印案"时,我在此度过了好多快乐时光啊;此外,我也是在这遇见了我的人生挚爱,当时我们的浪漫史还被传为佳话呢。我钟爱这个地方,它承载了我许多幸福快乐的回忆,它也昭示着即将来临的、不远未来的幸福。

我轻快地叩了叩门环,开门的正是桑戴克本人。他热情的招呼使我内心骄傲与惭愧交加,因为我不仅与他不常往来,还很少和他联系。

"我们的浪子回来了,博尔顿,"他朝着屋里喊,"杰维斯医生来了。"

我随他进了房间,看见博尔顿,他的忠实仆人、实验助理、技工、密友,正在摆放茶盘。这个小个子男人热情地与我握手,满脸慈祥的微笑,密密麻麻的皱纹好像核桃壳。

"我们经常谈起您呢,先生,"他说,"医生昨天还念叨您什么时候会回归我们呢。"

我并没有打算"回归他们",因而感到有点惭愧,但为了不让桑戴克失望,我便一般性地礼貌了几句。博尔顿从实验室取了茶壶、添了炉火后便离开了,我和桑戴克像过去一样坐在各自的扶手椅上。

"你这是从哪儿过来的?真是意料之外。"他问,"你看起来像是刚出完诊啊。"

"的确如此。我在肯宁顿街诊所工作。"

"啊!那你是'又回到老路'了?"

"是啊,"我大笑着答道,"老路,漫长的路,一条永远崭新的路。"

"也是行不通的死路。"桑戴克冷冷地补充道。

我又笑了,但并不开心,因为他的话让我感到有点儿不舒服,弦外之音是我的工作无非证明一个事实——一位经济拮据、仅靠给别人打工来维持生计的医生多年后会发现,岁月留给他的只不过是斑白的发鬓和令人不悦的丰富经验。

"你得放弃这行,杰维斯,说实话,真的。"桑戴克停了一下接着说,"你精通专业,医术又高,却到别人的诊所做临时工,实在太荒谬了。而且,难道你不想和你那位美丽迷人的姑娘结婚吗?"

"想,我明白我一直很傻,但我真的会改变。有必要的话,我会收起我的自尊,让朱丽叶出资买一间诊所。"

"那实在太好了,"桑戴克说,"对于即将结为夫妻的两个人来说,自尊和矜持都是荒诞的。不过,干吗要买间诊所呢?难道你不记得我的建议了？"

"我要是忘了，那我可就是个忘恩负义的畜生了。"

"好极了。我现在再重申一遍，来做我的助理，从事律师职业，与我共事。以你的能力，在这个行业里肯定会有所作为。我希望你能加入，杰维斯，"他一本正经地补充说，"随着事业的发展，我必须要有一名助理，你正是我想要的。我们是经过考验的老相识了，一起共事过，彼此欣赏信任，你是我的最佳选择。来吧！我可不接受你的拒绝。这是最后通牒了。"

"还有什么别的选择吗？"看着他那一本正经的样子，我不禁笑着问道。

"没了，你必须答应。"

"我想也是，"我答道，真有点心动，"你不知道听了你的建议我有多高兴，多感激。但要下次见面时——大概一周吧，才能定夺，因为我一个小时后就得回去，而且我有件要事想咨询你。"

"好极了，"桑戴克说，"咱们下次见面再好好考虑这件事。你想问的是什么事？"

"事实上，"我说，"我正处在一个相当窘迫的两难境地，我想听听你的建议。"

桑戴克给我续了茶，满眼担心地看着我。

"但愿不是什么糟心的事。"他说。

"不，不，不是的。"我笑着答道，听出了他话里的弦外之音。因为对一位医术高明的年轻医生而言，"糟心的事"通常指在女人方面遇到麻烦了。"完全不是私事，"我接着说，"是专业职责问题。我最好还是完完整整、原原本本地跟你讲一下吧，我知道你喜欢知道事情的来龙去脉。"

于是我便把探访神秘的格雷夫斯先生的经过全都讲给了他听，没有落下丝毫我所能记住的情况和细节。

桑戴克从头至尾竖耳细听。我从未见过任何人像他那样不动声色，如同戴了一张神秘莫测的面具。但我很了解他，他肯定有反应，因为他的面色有一丝变化，眼睛偶尔狡黠地闪一下。从这些细微的变化，我就知道这离奇的事件完全勾起了他查案的好奇心和热情。在我讲完那段奇怪之旅和神秘的房子后，我把难题留给了他。他像尊雕像一样无动于衷，显然是在仔细记住整件事的每个细节，甚至我讲完后他还继续沉默了一小会儿。

最后，他抬起头，看着我说："这件事特别非同寻常，杰维斯。"

"是啊，"我附和说，"让我困惑的是，我到底该怎么办？"

"是的，"他沉思着说，"是个问题，也是个相当大的难题，会牵涉以前的问题。那房子里究竟发生了什么？"

"你认为发生了什么？"我问。

"咱们得慢慢来，杰维斯，"他答道，"咱们得小心翼翼地把法律问题和医学问题分开，避免让知识和怀疑混作一团。现在，既然提到这病例里的医学问题，首先是嗜睡症，或姑且称为非洲嗜睡症，目前的难题是咱们都不了解这病。我想我们两个都没见过这病，对病症也不太了解。据我所知，那病的昏睡症状和你这个病例中病人长期昏迷但伴有间歇性意识清醒的状况一致。我还听说，这病只有非洲人才可能得，或许目前只有非洲人患这病。但你描述的病人瞳孔极度收缩，据我所知，这并非嗜睡症的症状之一，所以，不太可能是嗜睡症。不过，我们对此了解有限，也不能绝对排除这种可能性。"

"你个人的意见呢？"

"我个人暂时觉得不太可能，我在思考其他证据。既然不能有力证明它不是嗜睡症，我们就不得不持嗜睡症这种假设。但若假设它是吗啡中毒，症状就好解释了。每一个症状都和吗啡中毒完全一致，毫无例外。这个病例的正常处理方法是按吗啡中毒来治，你刚好就是这么做的。"

"是的，希望能治好。"

"不错，为了治病，你选取了可能性更大的病情诊断而舍弃了可能性小的，这样做很合理。但从法律的角度出发，必须两种可能性兼顾，因为中毒的假设涉及严重的法律问题，而生病的假设则跟法律扯不上半点关系。"

"这话听起来没什么用啊。"我说。

"这表明要小心行事。"他反驳道。

"是的，我懂。不过你个人怎么看这件事？"

"嗯，"他说，"咱们从头梳理一下这件事。现在有个人，我们假设他由于摄入了致毒剂量的吗啡而处于昏迷状态。问题是那么大剂量的毒品到底是他自己吸食的，还是被人下毒的？如果说，他是自行吸食的，那他用的是什么工具呢？从你对病人的描述似乎完全可以排除自杀的可能性，也可以排除吗啡瘾的可能性。病人并非让自己陷入昏迷,他应该能控制适当的量。我得出的结论是病人可能是被他人下毒,最有可能的凶手便是韦斯先生。"

"吗啡是很寻常的毒品吗?"

"很寻常,不过搞到使人成瘾的致命剂量不容易。但有一点不能忽略,有些情况下慢性吗啡中毒也极可能。它能削弱人的意志,混淆判断力,摧毁健康,这些作用常被下毒者用于取得诸如遗嘱、契约或委派书之类的文件。随后罪犯可能会再用其他手段来害死受害者。你清楚这里面的严重性了吧?"

"你的意思是说他们想要得到一份死亡证明书?"

"是的。假如说韦斯先生给他注射了大量吗啡,然后他派人请你来,并告诉你这病人很可能得了嗜睡症。如果你接受他的建议,他就安全无事了。他随后会重复给病人注射过量吗啡,直至病人死亡,然后让你出示一份死亡证明,来掩盖他的谋杀罪行。这是个相当有创意的计划,是复杂犯罪的典型特点。那些暗藏杀机的罪犯会像天才一样精心布局,但实施计划时却像傻子一样。这个人恰恰就是这样,要是我们没判断错的话。"

"他愚蠢地实施计划?"

"是的,从几点就可看出。首先,他应该选个自己人做医生,选一个听话、机敏、靠得住、明白他想法的人,这个医生一开始就确诊并一直坚持;或者找一个愚蠢无知的酒鬼医生。他可真是倒霉,居然找了我这位学识渊博、认真严谨的医生朋友。其次,当然了,他的保密行为简直愚蠢之极,这反而使小心谨慎的人起了防备心，事实上已证明确实如此。如果韦斯先生真是凶手，那他可真是失策了。"

"你显然认为他是凶手？"

"我很怀疑他。但我要问你几个有关他的问题。你说他是德国口音，表现在他的英文上吗？他的措辞如何？他使用德国习语了？"

"不。他的英文堪称完美，而且我注意到他的措辞甚至对一个英国人而言都是相当优雅得体的。"

"他看起来像是故意表现的吗？我的意思是为了掩饰而伪装的。"

"说不准。当时灯光非常昏暗。"

"你连他眼睛的颜色都看不清，比如？"

"是的。我觉得是灰色，但不能确定。"

"车夫呢？你说他戴了顶假发。你能看清他眼睛的颜色吗？或者你能辨出什么特征吗？"

"他的右手大拇指甲畸形。这是我记住的唯一特征。"

"他没像韦斯一样给你留下很深印象吗？嗓音或其他什么特征？"

"完全没有，但我可以确信地告诉你，他是苏格兰口音。"

"我之所以这样问是因为，如果韦斯想给这个人下毒，车夫极可能是同谋或与之相关。下次有机会你最好仔细观察他一下。"

"好的。又回到那个问题了。我该怎么办？我要不要向警察报案呢？"

"我想还是不要报案。你没有足够的证据。当然,如果韦斯先生非法恶意投毒,那他则犯了重罪,根据1861年的联合法案将被处以十年劳役。但你无法证明你的判断准确无误。你无法确认是他投毒的——我是说果真有人投毒的话——况且你也无法提供确切的人名或地址。现在,嗜睡症的问题又来了,从医学的角度出发,你否定了这种可能性,但从法律角度出发,你却无法绝对否定。"

"是的,"我承认,"我不能。"

"那我想警方可能会拒绝采取行动,而你则可能无意间给斯蒂尔布里医生带来流言蜚语。"

"所以你建议我最好不要轻举妄动?"

"暂且不要。当然,竭尽全力维护正义是医生的职责,但医生并非侦探,不该越规插手警察的工作。虽然医生有自己的私人法律顾问,但他要多听多看,有责任仔细记下所有可能涉及法律问题的重要细节。查案虽并非医生的分内之事,却也要时刻准备好司法方可能需要医生提供相关专业知识。你明白这些内在的关系吗?"

"你的意思是我该记下来我的所见所闻却缄口不语,除非警方问起?"

"要是情况没有进一步发展就这样做。但如果他们再次请你去的话,我想你有责任做进一步观察,有必要的话,准备报警。记住房子的各种信息对案件至关重要,你要设法获得这类信息。"

"可是,亲爱的桑戴克,"我婉言辩驳道,"我都讲过我是怎样被带到那房子的了。你能告诉我一个被关在黑咕隆咚的车厢里人该如何辨别他被带往之处吗？"

"这问题对我而言没什么难的，"他答道。

"不难？"我说，"对我而言几乎是不可能的。你有什么建议？我该破厢而出，在大街上飞奔逃命，还是在车厢的百叶窗上戳个洞偷窥外面？"

桑戴克爽朗地笑着说："我学识渊博的朋友想出来的方法可有点粗鲁不当啊，这不符合理科男的特征啊，那样做，说不定罪犯会跑到律师事务所来控告你。不，不，杰维斯，我们有更好的办法。稍等我一下，我先去一下实验室。"

他迅速上楼到博尔顿的密室去，剩下我一人在那冥思苦想他所谓的可行方法，难道可以像山姆·威勒所言洞穿"楼梯和木门"或一辆封闭马车上的密不透光的木质百叶窗？

几分钟后，他手里拿着一个小本子回来了，说："我刚刚让博尔顿做了一个小设备，我想可以解决我们的难题，我来告诉你如何观察。首先，咱们先把这本子里的每一页分好栏。"

他在桌边坐下，开始有条不紊地把每页分成三栏，一栏宽，两栏窄。这份工作花了一段时间，我焦虑又好奇地坐着，看桑戴克不急不慌仔仔细细地用铅笔画出分栏，而我却一心急着想听他的方法。他刚完成最后一页，便有人轻声敲门。博尔顿手里拿着一块木板走进来，干巴巴却精明敏锐的脸上挂着满意的微笑。

"这个可以吗，先生？"他问。

他说着把小木板递给桑戴克，桑戴克看了看后递给我。

"就是我想要的东西，博尔顿，"桑戴克答道，"从哪儿弄到这东西的？休想假装是你自己在两分半时间里做出来的。"

博尔顿笑起来，脸上皱巴巴的，看起来一副神秘的样子。他只说了声"做这东西用不了多久"，便怀着桑戴克的赞扬心满意足地离开了。

"他是个多棒的老伙计啊，杰维斯。"桑戴克看着他的总管退下。"他立刻就有了想法，然后神奇地做了出来，就像一念之间就变出了小兔子和一缸金鱼一样。我想你已经清楚行动方案了吧？"

这个小东西给了我一丝启发——一块大约七英寸长五英寸宽的白色回纹木板，一角用胶固定了一只袖珍指南针——但具体的操作细节我还是想不太明白。

"我想，你能快速读懂指南针吧？"桑戴克问。

"当然能。我们过去在学生时代不是常常出海吗？"

"过去当然了，这辈子死前还要再做一次。现在来跟你讲如何定位房子。这是个可以放在口袋里的小阅读灯，也可挂在马车内。这个笔记本可以用胶带固定在木板上。看出来博尔顿考虑周到了吧，他在指南针的玻璃罩上粘了一根线作为罗盘基线。你就这样做，一被锁在车内就点亮小灯，最好随身带本书以防他们看到灯后对你起疑心。拿出手表，把木板放在膝上，木板的长边与马车的轴线吻合对齐。然后，笔记本的一个窄栏里记时间，另一个窄栏里记指南针指示的方向，宽栏里记一些特殊的细节，包括每分钟马的步数，诸如此类的。"

他抽了一页纸，用铅笔在上面画着给我示范。

"比如，9:40 东南从家出发；9:41 西南花岗石路；9:43 西南木道，104步；9:47 西花岗石路口；柏油碎石路……记下每一次转向及其时间，随时记下所听到和感受到的外界一切及其时间、方向，别忘了记下马步的变化。记住过程了吗？"

"记得清清楚楚。不过你觉得这方法能足够精确地确定一所房子的位置吗？要知道，这只是一只没有刻度盘的袖珍指南针啊，而且它会猛跳的。另外，估算距离的方式也很粗略。"

"说得很对，"桑戴克答，"但你忽略了很重要的事。你记下的路径图可以通过其他数据检验。比如，如果大致知道去哪儿寻找，你就能认出那条通往房子的隐蔽路。一定要知道，马车走的不是毫无特征、毫无变化的平坦路。穿过街道时，街道有确定的位置和方向，那一切在军用地图上都是有精确标记的。杰维斯，我想除了这方法有些粗略外，若你能细心观察，把房子的定位缩小在很小的范围内是没问题的。如果我们有这个机会的话，一定可以。"

"对，如果我们有机会的话。我怀疑韦斯先生是否会再召我去，但我真心希望他会。能定位他的老巢真是难得的机会，一切都是未知的。不过我现在真的得走了。"

"再见。"桑戴克手里的铅笔划过木板上粘着笔记本的胶带，说道，"冒险历程如果有任何进展，都要告诉我。记住，你答应我，不管怎样，不久后都会回来看我的。"

他把木板和小灯递给我，我放进口袋里。和他握手后便匆匆离开，离开诊所这么久，我心里有点不安。

第三章　途中笔记

　　多疑之人往往不愿信任别人，而且他们的多疑经常会让人反感。乳臭未干的小猫完全信赖人类，所以敢弓起脊背、竖起尾巴接近人类，索求爱抚，而它们往往也会心想事成；老于世故的公猫面对人类友好的亲近却窜跳奔逃，疑心重重地躲在墙边，冲着人龇牙以自保，却越发让人想朝它扔土块，把它喝退。

　　如今，韦斯先生将自己置于如同公猫一般的境地。在恪尽职守的专业人士看来，他过分的小心戒备让人感觉到一种侮辱和挑战。暂不考虑他的恶劣行径，仅凭他冲我笑时，脸上似乎带着一副自大和蔑视的样子，让我感觉他也并非什么君子；我立刻做好了不惜代价时刻冒险的准备。从律师院回肯宁顿街的路上，我利用所乘的马车对桑戴克的小仪器做了个初步测试。在整个短暂的途中，我紧紧地盯着指南针，记下路面的感觉和声音，还有马步的计数，结果相当振奋人心。指南针的走针虽然随着马车的颠簸而剧烈地震荡，但它的震荡总是在某个方向的特定点附近，测出的数据非常可靠。初步测试后，我敢肯定，要是有机会实践，我就能绘出一份大致可看懂的地图。

但似乎没有实践的可能了，因为韦斯先生没再派人来请我。三天过去了，仍然杳无音信。我开始担心自己之前是不是太直言不讳了。那辆密闭的马车是不是去另谋更易轻信而又好相处的医生了？我们的精心准备是不是白费了？第四日将近打烊的时候，还是没有任何音讯，看来没有任何机会了。

就在我自怨自艾时，门童倏地探进头来，声音嘶哑，语无伦次，慌慌张张地喊道："在等您，韦斯先生的马车，他请您尽快去，因为今晚情况非常糟。"

我刚想说他两句，但听到他的传话，立刻无时间搭理这一切了。我腾地一下从椅子上跳起来，匆忙收拾必需品。我把小木板和灯装在大衣口袋里；检查了一下急救包，添了一瓶平常不用的高锰酸钾，因为觉得可能用得到，夹了份晚报便出门了。

车夫正在马车旁站着等我，他扶了下帽子，上前为我开车门。

"我为了打发这趟漫长的旅程找了点事干，你看。"我上车时向他展示了报纸，说道。

"可是车里漆黑，您看不了啊，"他说。

"能看，我自备了一盏小灯。"我一边划着火柴点灯一边答道。

他看着我点燃了灯挂在背垫上，说："我想您上次一定是无聊透了，路途遥远啊，是应该在车里装个灯。但我们今晚车会走得快些，主人说格雷夫斯先生今晚情况很糟糕。"

说着，他砰地关上门并上了锁。我从口袋里抽出木板放在膝上，车夫爬上座位，我看了下手表，然后在小本子上记下了第一笔。

8:58　西南　从家出发　马高 1.3 米左右

马车首先掉头，好像是朝纽因顿柏兹路走，第二条记录依此便是：

8:58　东北

但没走多远，车很快就向南转了，然后向西，再向南。我的眼睛盯着罗盘，聚精会神地看着指针的快速转动。指针不停地来回转，但总是在一个固定的弧度内，弧的中心就是真正的方向。但指针方向惊人地快速变化着：西、南、东、北，马车不停地转弯，指针"暴打"着罗盘，直到我彻底迷失了方向。这样做真是令人不可思议，车夫肩负着生死攸关的重任，正和时间赛跑，却如此不经心地驾车，匪夷所思。这样蜿蜒前进必定绕了很多路，但这样择路应该是提前设计好的。至少我认为如此，虽然还没有足够证据下定论。

据我判断，马车走的还是上次的老路。一听到拖轮的哨声我就知道到河边了，马车路过火车站的时间也显然和上次相同，因为我听到一列客车在启动，说不定是同一列。马车穿过相当多条轨道，我不明白怎么会有这么多，头一次发现在伦敦这一带居然会有如此多的铁路拱门，而且可以感受到铁路旁边的碎石一直连绵不断，这对我有很大启发。

这趟旅程绝非无聊。不断变化的方向和道路令我非常忙碌，因为我几乎还没来得及记下信息，指南针就剧烈摆动了，车子又转了个弯；当车子减速转进树木掩盖下的路时，我感到很惊讶，急忙记下最后一条：9:24　**东南　树木掩盖的路**，合起本子，连同小木板一起塞进口袋。刚展开报纸，车门便开了。我从挂钩上取下灯吹灭，装进口袋，表示这灯要省着用，因为一会儿可能还会用到。

和上次一样，莎莉巴姆夫人掌着一支蜡烛站在门口。不过这次她却不像原来的样子，看起来相当慌乱害怕。我在烛光下甚至看得出她面无血色，似乎无法保持镇定。她焦躁不安地用极不准确的语言叙述着情况，不停地手舞足蹈。

"您快点跟我来，"她说，"格雷夫斯先生今晚糟透了，我们等不及韦斯先生了。"

没等我回答，她就迅速上楼了，我跟在后面。房间里几乎没变，病人的病情却不同了。我一进房间就听到床上传来的危险信号——柔弱有律的喘息声。我快步向前，低头看那个俯卧的身躯，果然病情危急：脸色越发苍白，眼窝越发深陷，肤色更加青紫，鼻若刀削一般，一言不发。若是不知道他是个病人，我会以为他已濒临死亡，实际上他完全就是一个濒死之人。我确信这是一起吗啡中毒案，尽管如此，眼看着他那么不安地颤抖着，我却毫无把他从死亡边缘拉回来的信心。

"他病得非常重，对吗？他要死了吗？"莎莉巴姆夫人问。

她的声音虽然低极了，却紧张急切。我的手指搭在病人腕上，转过身，看着她那张惶恐不安的脸。这次她并没有避开烛光，而是直视着我，她那张长着棕色双眸的脸紧张不安，急盼着答案。

"是的,"我答道,"他病得很重,现在状况非常危险。"

她紧紧地盯着我看。然后发生了一件很奇怪的事,突然间,她眯起眼睛,很是可怕,不是我们平日所见的演员表演出的那种眯眼,而是高度近视或散光患者的那种眯着眼睛的样子,着实吓人。有一瞬,她的双眼死盯着我,四目相对;接下来,一只眼珠转动,斜瞥向眼角,而另一只眼珠始终死死地直视前方。

她显然意识到了自己的表现,因为她立即把头扭了过去,脸微微羞红,但此时此刻她无暇顾及个人仪表。

"您能救他的,医生!您不会让他死的!他可不能死啊!"

她这一番话本应让人觉得那病人仿佛是她在这世上的最亲的朋友,但我感觉并非如此。她那么恐惧必有蹊跷。

"要想救他的话,"我说,"必须快。我这就给他喂药,你快去沏点浓咖啡。"

"咖啡!"她大嚷道,"可是咖啡已经喝光了啊。浓茶不可以吗?"

"不行,茶不行。必须快,我现在就要咖啡。"

"那我必须得去买。可现在太晚了,店铺都关门了啊。并且,我不想离开格雷夫斯先生。"

"您不能派车夫去吗?"我问。

她不耐烦地摇了摇头:"不能,没用,必须得等韦斯先生回来。"

"那可不行,"我厉声说,"等他回来病人就没命了。必须立刻弄些咖啡,沏好送过来。我还需要一只平底玻璃杯和一些水。"

她从洗漱台取来一个水瓶和一只玻璃杯给我,然后绝望地叹息着离开了房间。

我不敢浪费时间,争分夺秒即刻为他施救。我把几粒高锰酸钾晶体倒入玻璃杯中,加满水,走上前。病人正处于重度昏迷中。我用力地摇了摇他,没有任何反应。我怀疑他能否吞咽,不敢冒险把液体灌进他嘴里,怕他窒息。可以用胃管解决这个难题,但我没带。不过,我有一只口腔镜,可以用作压舌板。我用它把病人的嘴撬开,然后迅速拔下听诊器上的一根橡胶管,一端塞上一只硫化橡胶耳塞作为漏斗。然后,将橡胶管的另一端尽可能深地插入食道,小心翼翼地向橡胶管中倒入少量高锰酸钾溶液。令我欣慰的是,病人的咽喉动了,说明他还有吞咽反射,我备受鼓励,接着一次性顺着橡胶管尽量倒入溶液。

我施用的高锰酸钾的剂量足以中和胃里残留的任何合理用量的毒素。接下来要解决已经被吸收而且在发挥毒效的那部分毒素。我从包中取出皮下注射器,里面加入全剂量的硫酸阿托品,在昏迷病人的手臂进行静脉注射。目前的施救我已经尽力而为了,只欠咖啡。

我把注射器清洗后收起来,刷洗完橡胶管后回到床边,想尽力把他从沉沉的昏迷中唤醒。这需要十分小心,稍有疏忽便会导致他那微弱的脉搏永远停止跳动。几乎可以肯定,如果他不能快速苏醒,昏迷就会逐渐加深,直至他悄无声息地死去。我非常小心翼翼地活动他的四肢,用湿毛巾的一角擦拭他的脸和前胸,轻挠他的脚心，加重刺激，但绝非暴力那种。

我把全部精力都付诸唤醒这位神秘的病人身上了，甚至都没注意到门开了。我无意中发现在房间另一边有两个光点，那里有个人影，是他的眼镜反射来的光。不知道他在那里看我多久了，但当他看到我发现了他时，便走上前来，虽然我们相隔没多远，我认出那人就是韦斯先生。

"恐怕，"他说，"我朋友昨晚情况不妙吧？"

"糟透了！"我大声答道，"他的情况简直糟透了，我真的非常担心他。"

"但愿您没……嗯……没预料到什么……嗯……什么严重的情况吧？"

"用不着预料，"我说，"情况已经很严重，他随时会死。"

"天呐！"他一副要透不过气的样子，"您可别吓我！"

他并没夸张。他激动地走进房里更亮处，我看到他除了鼻子和脸颊有些许血色外，整张脸面色苍白，如此突出，形成可怕的对比。他稍微平静后，说：

"我真的以为，至少我希望，您把他的病情说得过于严重了。他以前一直这样，您知道。"

我非常确定他的病情十分危急，但没有必要现在讨论这个问题。我一边继续努力唤醒病人，一边回答道：

"或许吧，但万一他的最后一遭到了，可能就是这次。"

"但愿不是，"他说，"虽然我清楚他这病迟早会要了他的命。"

"什么病?"我问。

"我指的是,但也许您对他这可怕的病症有其他看法。"

我犹豫了一会儿,他继续说:"至于您所认为的他可能是吗啡中毒的观点,我想可以抛在一边。从您上次来后,他一直被监视,从未间断,而且,我亲自把房间翻了一遍,查看了床,并没发现任何毒品的蛛丝马迹。你查阅过嗜睡症吗?"

在回答他之前我仔细地看着这个男人,觉得他比以前更加可疑了。但现在不是缄默的时候,我关心的是病人和他当前的需要。正如桑戴克所说,毕竟我是医生而非侦探,就我自身而言,目前所需要的是直截了当的言行。

"我已经考虑过了,"我说,"并且已经得出了一个完全确定的结论。他不是什么嗜睡症,在我看来无疑就是吗啡中毒。"

"可亲爱的先生!"他嚷道,"这不可能!我刚刚不是告诉您他一直被监视吗?"

"我只能根据所观察到的表象来判断,"我回答说。见他又要提出反对意见,我继续说:"大家不要浪费宝贵时间讨论了,不然格雷夫斯先生可能在我们得出结论之前就没命了。要是您现在能弄来咖啡,我就采取新的措施,或许可以设法延长他的生命。"

我的建议直截了当,显然吓到他了。他必须明白,对于病人的昏迷,除了吗啡中毒之外我不会接受任何解释;结论很明显,要么救人,要么讨论病因。我冷冷地告诉他我必须坚持自己的意见,他只好匆匆离开了房间,不再打扰我,剩下我一人继续努力救人。

我的努力似乎不见成效。病人如同死尸一般静静地躺在那里，只有缓缓的相当不规律的微弱呼吸，伴随着不祥的感觉。过了一会儿，他隐隐约约有了苏醒的迹象。我用湿毛巾在他脸上猛拍一下，他的眼睑有些眨动；在他胸部也这样拍了一下，他便有轻轻的喘息。用铅笔在他脚底上画，他便有明显的收缩运动，再看眼睛，我发现了一丝细小变化，我知道阿托品开始生效了。

这很鼓舞人心，尽管我可能高兴得太早了，但到目前为止这已经相当令人满意。我给他仔细盖好被子，继续活动他的四肢和肩膀，梳理头发，通过重复这些轻微的刺激来驱走死神。在这种持续治疗下，他的情况渐渐改善，我在他耳边轻声问了个问题，他有一瞬睁开了眼，但一刹那后就又像以前那样紧闭起来。

不久后，韦斯先生回到房间，莎莉巴姆夫人端着一个托盘紧随其后，托盘上有一壶咖啡、一壶牛奶、一只茶杯配茶托，还有一只糖罐。

"他现在怎么样？"韦斯先生焦急地问。

"很高兴地告诉您，他有了明显的起色，"我回答说，"但我们必须坚持。他还没有脱离危险。"

我查看了一下，那咖啡又黑又浓，飘着一股令人很放心的味道，我倒出半杯走到床边。

"格雷夫斯先生，"我喊道，"请您喝一点。"

他松弛的眼睑瞬间抬起了一下就再没反应。我轻轻撬开他的嘴，喂了几勺咖啡，他立刻吞下。我于是这样接着每隔一会儿喂一点，直到他把那杯咖啡喝光。这个新方法见效很快。他开始含含糊糊地咕哝着，回答我的一些问题，其间睁了一两次眼，半睡半醒似的看着我。然后我扶他坐起来，让他喝点咖啡，同时又问了一连串问题，因为他刚刚说的那些话不完整。

在这个过程当中，韦斯先生和管家高度关注着我们，韦斯先生不同往常，为了看得更清楚，他凑得特别近。

"这真是了不起，"他说，"现在看来，好像您是对的。他的病情绝对好多了，但请告诉我，如果他的症状是由疾病引起的，会产生类似的好转效果吗？"

"不，"我回答说，"肯定不会。"

"那么问题似乎解决了。但这事真是神秘。您能想到他有什么藏毒品的方法吗？"

我起身直视着他，这是我第一次有机会仔细看他，尽管是在特别差的光线下。我全神贯注地看着他。有时真怪，在接收视觉印象和完全转化为意识之间存在相当大的间隔。有的东西可能被无意看到，但所留下的印象瞬间就被遗忘；在某个时候整个情景随后又由记忆唤起，情节细致到仿佛一幕幕就在眼前活现。

这种事情此时正在我身上发生。病人的情况虽让我心事重重，但出于职业习惯，我快速细致地观察着站在我眼前的韦斯先生。只简单一瞥——也许我专注的目光让他感到尴尬，他几乎立即躲回昏暗中——我的注意力似乎全被他脸上奇怪的反差所吸引：苍白的脸、通红的鼻子和硬挺的眉毛。但还有一件非常怪的事，我曾下意识发现后又随即忘掉了，今晚又让我想起了这事。事情是这样的：

韦斯先生稍扭着头站在一边,我能透过他的一块镜片看到前面的墙。墙上有一幅装裱的版画。通过镜片看到的框架边缘相当完整,丝毫没有变形,就像是透过普通的窗玻璃看到的一样,然而镜片中反射出的烛焰却是上下颠倒的,说明镜片至少有一面是凹的。这奇怪的现象只出现了一两秒,便从我的视线和记忆中消失了。

"还没想到,"我回答他刚才提出的问题,"我想不出他藏吗啡的方法。由症状看来,他摄入了很大的剂量,如果他已经习惯了如此大的剂量,那他肯定有相当大的储量了。我实在想不出他用什么方法。"

"您认为他现在脱离危险了吗?"

"哦,没有。如果坚持治疗,我想可以让他保持现在这样,但绝不能允许他再度昏迷了。必须让他保持活动,直到吗啡的毒性过去。可以给他换上睡袍,扶他在房间里来回走一会儿。"

"可是,那样安全吗?"韦斯先生忧心忡忡地问。

"非常安全,"我答道,"我会留意他的脉搏。如果他不保持活动,有复发危险,而且可能性很大。"

韦斯先生表现出明显的不情愿和不赞成,但他还是找来一件睡袍,我们一起给病人换上。然后我们轻手轻脚地用力把他从床上拉起来,让他站着。他睁开眼,先眨了一下,又朝我们眨了一下,嘴里咕哝了几句听不懂的话,表示抗议。我没理睬他的话,给他穿上拖鞋,努力让他走路。起初他似乎无法站立,我们不得不架着他的手臂敦促他前进,但现在他拖着的双腿开始明显迈步了，在房间里遛了一两次后，他不仅能稍微支撑起自己的身体，而且还表现出意识在恢复，他的活动更有力了。

这时，韦斯先生的举动令我十分惊讶，他将自己扶着的那只手臂交给了管家。

"医生，请您原谅，"他说，"我现在要去处理一件相当重要的公务，不得不中途离开。莎莉巴姆夫人会为您提供一切所需，您觉得可以放心离开病人时，她会为您安排马车。如果我没能在您走之前赶回来，请容我先道声晚安。希望您不会认为我很不礼貌。"

他同我握手后走出房间，留下我一人，正如我之前提到的，他的行为让我深感震惊。此时此刻，他的朋友处于这种状况，命悬一线，他不应该考虑任何其他事情。当然，这事与我无关，他在不在无所谓，我的全部精力都放在如何让这位半死不活的病人复苏上。

我又让病人在房间里重新试着走走，他嘴里嘟嘟囔囔地抗议着。我们走着，特别是当我们转身时，我频频偷瞥管家的脸，但似乎总是只能看到她的轮廓。她好像在躲避我的目光，尽管与我也有偶尔的对视。每当这时，她便能正常地直视我，没有任何斜视的迹象。但我总觉得每当她把脸扭开时，眼睛就是斜视的。她抓着病人的右臂，但她那只"转动的眼珠"——左眼——总是冲着我，尽管我很确定她实际上在看前方，因为我看不到她的右眼。这件事太怪了，给我留下深刻的印象，虽然我当时忙着病人无暇过多考虑她的问题。

病人继续快速恢复。他越好转就越抗议这累人的漫步。但他显然是位礼貌的绅士，因为尽管他言语混乱，还是设法以礼貌甚至谦和的言语来表示反对，他只说这与他和韦斯先生达成的协议不符。

"谢谢您，"他咕哝着说，"给您添了很多麻烦。我现在想躺着。"他带着渴望的目光看着床，但我架着他继续又在房里走了一趟。他放弃了反抗，但当走到床边他就又提起。

"足够了，谢谢您。现在回到床上吧。非常感谢您的好意。不，真的，我现在相当累了。您行行好，让我躺下吧。"

我架着他转过身，想让他继续走。"您必须多走一会儿，格雷夫斯先生，"我说，"再睡对您很不好。"

他好奇而又惊奇地看着我，反应了一会儿，好像有些困惑。然后他又看着我说：

"这事，先生，您误会——误会我——误——"

这时莎莉巴姆夫人突然打断说：

"医生认为这样遛遛对您有益。您已经睡得太多了。他现在不想让您再睡觉了。"

"不想睡觉，想躺下。"病人说。

"但您不能久卧。您必须再走几分钟。最好不要讲话，就这样来回走动。"

"讲话无碍的，"我说，"事实上对他有益呢，可以让他保持清醒。"

"我以为会累到他的，"莎莉巴姆夫人说，"他想躺，而我们不让他躺，我心里有点着急了。"

她无缘无故地提高语调厉声讲话，病人听得一清二楚。显然，他明白了话中明显的暗示，因为他疲惫地拖着沉重的脚步在房间里来回走了一会儿，一直缄口不语，虽然他不时地看着我，眼中充满困惑。最后，对休息的渴望打败了礼貌，他又开始恳求道：

"我们现在肯定走够了，非常累了，真的，您能发发慈悲让我躺几分钟吗？"

"您认为他现在可以躺一会儿吗？"莎莉巴姆夫人问。

我把了一下他的脉，知道他真的有些疲惫了。他现在如此虚弱，过度锻炼不是明智之举。于是，我同意他回到床上，然后扶着他转向床；他高兴地朝着休息的地方蹒跚而去，像一匹疲惫的马奔向马厩。

他一躺好，我就给了他满满一杯咖啡，他如饥似渴地喝了。我坐在床边，为了让他保持清醒，我开始再次提问。

"您头痛吗，格雷夫斯先生？"我问。

"医生问您'头痛吗？'"莎莉巴姆夫人大嚷道，她那么大的声音让病人有了反应。

"我听到了，亲爱的姑娘，"他虚弱地微笑着回答，"你知道我不聋。是的，我头痛。但我想这位先生误会了——"

"他说您需要保持清醒。您不能再睡了，不能闭上眼睛。"

"好的，波林。我睁着眼。"说完，他却立即在无限祥和中又闭上了双眼。我抓住他的手轻轻地摇晃，他睁开眼睛，满眼困意

地看着我。管家一如既往地别过半边脸,我想是为了掩饰她那只斜眼,她抚摸着他的头,开口说:

"医生,您还要逗留一会儿吗?天色很晚了,您还要赶远路呢。"

我一脸疑虑地看着病人。我不愿离开他,因为我不信任这些人。但我明早还有工作,或许,今晚还会有一两个夜间电话,况且就算耐力再强的医生,精力也有限。

"我刚刚就听到马车声了。"莎莉巴姆夫人补充道。

我犹犹豫豫地起身,看看表。已经十一点半了。

"你心里清楚,"我低声说,"他还没脱离危险。现在如果不管他,他就会睡着,很可能就永远醒不来了。你能明白吗?"

"非常明白。我答应您不再让他入睡。"

她讲话时,正面看着我,我注意到她的眼睛看起来完全正常,没有任何斜视的迹象。

"很好,"我说,"既然这样,我就走了,希望下次再见时,我们的这位朋友会恢复得很好。"

我转向那个已经在打瞌睡的病人,真诚地握着他的手。

"再见,格雷夫斯先生!"我说,"很抱歉总要打扰您的休息,但您必须保持清醒,要清楚,您千万不能睡啊。"

"好的,"他迷迷糊糊地答道,"抱歉给您麻烦,我会保持清醒的。但我想您误会了⋯⋯"

"医生说您千万不能睡,我会看着您的。您明白吗?"

"是的,我明白。可这位先生为什么⋯⋯"

"您现在问那么多问题没用，"莎莉巴姆夫人开玩笑似的说，"我们明天再聊。晚安，医生。我在楼上为您照亮下楼，但抱歉不能下楼送您，否则病人又会睡着了。"

听到这样明确打发我走的言辞，我只好在病人恍惚的惊讶眼神中离开了。管家在栏杆边举着蜡烛为我照亮，直至我走到楼下。通过走廊上开着的门，我看到马车上发出的微弱灯光。昏暗的微光下，只见车夫站在外面。我上车时，他用一口苏格兰方言说："看来我今晚要跑一晚了。"没等我回话，实际上也没必要，他就关门上锁了。

我点着口袋里的小灯，挂在背垫上。然后从口袋里抽出小木板和笔记本。但是，似乎没有必要再重新记录一份了，说实话，忙到这么晚我已经相当疲惫了，我不想再干了。此外，我要好好想想今晚的事，趁现在还记得清楚。于是，我收起笔记本，装上烟叶点燃烟斗，来细细回忆这间相当神秘离奇的怪宅和第二趟来访的整个过程。

我放松地回顾着这次来访，其中有相当多的问题需要弄清楚，比如说患者的状况。毫无疑问，解毒剂对他的病症发挥了作用。格雷夫斯先生肯定受了吗啡之毒，唯一的疑点就是他是如何中毒的。他不可能自己摄入，没有吗啡瘾君子会摄入如此致命的剂量。实际上肯定是另有其人下毒，而据韦斯先生所说，除了他自己和管家，没有别人能做到，而且所有其他怪事也都指明这一结论。

都有哪些怪事呢？正如我所说，有很多疑点，尽管其中许多都是看似微不足道的琐事。首先，韦斯先生在我到达后出现，在我离开前离开，这绝对很怪。但更怪的是，他今天晚上的突然离开似乎只是托辞。他的离开恰恰就在病人恢复语言能力的时候。难道韦斯先生害怕那位意识半清醒的病人会当着我的面对他说什么不妥的话吗？看似很像，并且，他真的离开了，只留下我、病人和管家。

记忆中，莎莉巴姆夫人总是表现出很焦虑的样子，试图阻止病人讲话。她不止一次打断了他，并且在他想向我提问时，两次插嘴。我"误会"了什么？他到底想告诉我什么呢？

房子里居然没有咖啡却只有茶，这令我很诧异。德国人不常喝茶而是习惯喝咖啡。但也许这没什么可怀疑的，但可疑的是车夫为什么不能去买咖啡呢？韦斯先生离开后为什么非得要管家而非车夫替他照顾病人呢？

还有别的疑点。我想起那个听起来像"波林"的词，是格雷夫斯先生对管家说的。显然这是个教名。可为什么格雷夫斯先生叫她的教名，而韦斯先生则正式地称呼她为莎莉巴姆夫人呢？再说那女人：她一会儿斜视，一会儿不斜视，真是神秘诡异，这是怎么回事？仔细想想，这种现象可以解释。那女人可能患有普通的斜视，和许多人一样，她可以通过眼肌用力使眼睛暂时归位。但当她努力试图保持眼球归位久了，眼肌会疲劳无力，于是又斜视了。可她为什么这样做呢？难道只是出于女性的虚荣心？只是为了赢得尊重而对自身缺陷的敏感吗？或许吧，也可能有什么别的动机，很难说。

在反复思考中，我突然想起了韦斯先生的眼镜很特别。很难解释他的镜片，镜片既可以像普通的平面玻璃一样清晰地看清东西，又像凹镜一样可以反射烛光，竟然既有平镜又有凹镜的特性。更大的疑点是，如果我所见的是倒立的影像，那么韦斯先生所看到的东西也必定如此。但眼镜的功用是通过放大或缩小眼睛所接收到的影像来弥补失真。要是对所见的影像不产生改变，戴眼镜有何用？我想不通。困惑了很长一段时间后，我不得不放弃思索。我不太愿意花大心思去想韦斯先生的眼镜结构，因为这与案子没有明显关系。

我一回到家就焦急地查看通讯簿，暗喜幸好没有新的访客。把为格雷夫斯先生配制好的药交给车夫后，我耙了耙壁炉里的炭灰，坐下来抽最后一斗烟，同时又想起自己卷入的这起怪异可疑的案子。但我的沉思很快就被疲倦赶走了，我要上床睡觉了，但我需要与桑戴克进一步商量这些情况。

第四章　警方观点

第二天一早起床后,我仍想着白天要找机会去拜访桑戴克,听听他的建议。我需要跟他商量一下目前的紧急问题以及下一步的对策。我用了"紧急"这个词,因为前一天晚上发生的事令我坚信,病人就是被他人出于某种目的而投毒的,若想救他的命,刻不容缓。昨晚他侥幸才活了过来——假设他现在还活着的话——昨晚是我的坚定态度才迫使韦斯先生同意施救的。

我觉得他们完全不会再来请我了。如果我的怀疑没错,韦斯先生会去找别的医生碰碰运气,我急需制止他。这仅仅是我的观点,我打算听听桑戴克的意见,我要在他的指导下行动,即使这样,也可能百密一疏。

我楼下有本备忘录,通常由门童保管,门童不在时由女仆代管。我下楼扫了一眼备忘录,吓了一跳,上午的预约密密麻麻。今天挂号的患者比往日多得多,而且例行的回访也有所增加。我郁闷极了,简直怀疑是不是黑死病突然在英国出现了。我急忙赶到餐厅匆匆吃了早餐,其间不断地被门童通报有新的访客。

看了两三个病号后,我明白原因了。原来流感开始在附近盛行，我不仅要处理平常的工作，又额外多了好多流感病例。而且，似乎房地产行业罢工后，各团体的泥瓦匠们健康状况普遍下降，导致病情突然增多。

看来，我原本去拜访桑戴克的计划要泡汤了。我必须先做好自己的本职工作。但在仓促、紧急、焦虑的工作中——有些病情很严重，甚至致命——我没有机会去考虑任何行动方案，也没有时间执行。由于斯蒂尔布里医生没有马车，我虽有暂租的马车帮忙，但直到接近午夜，我也没能完成所有出诊。晚饭一直很晚才吃，然后我就因累得筋疲力尽而很快睡着了。

第二天工作量更大了，我给在哈斯汀斯的斯蒂尔布里医生发了一封电报，问他小病康复后是否去招新助理了，因为没有他的许可，我无权招聘新助理。很快，我就得到回复，他说他已经在回来的路上了。更令人高兴的是，当我出诊回来想进屋喝杯茶时，他正搓着双手，翻阅记录本。

"疾病流行，人人遭殃，"他高兴地握着我的手说，"这笔钱可以支付我的假期开销了，包括你的费用。对了，我想你不急着走吧？"

事实上，我急着要走，因为我已经接受了桑戴克的邀请，正准备去见他呢。但把这一堆繁忙的工作留给斯蒂尔布里医生孤军奋战，或让还不熟悉工作的助理帮他料理，我觉得不好。

"我希望这边工作不太忙了之后，能允许我离开，"我回答说，"但我不会在这危难时刻弃你不顾。"

"好伙计，"斯蒂尔布里说，"我知道你不会。咱们喝杯茶，分一下工吧。先说说有什么特殊情况吧？"

名单上有一两个不寻常的病例，我们标出各自的病人，我给他概要地讲了一下他不在的这段日子里诊所的情况。然后我讲起了在韦斯先生家的神秘经历。

"还有一件事想告诉您，是件相当不愉快的事。"

"噢，天呐！"斯蒂尔布里大嚷道。他放下杯子，相当痛苦焦虑地看着我。

"在我看来无疑像一起投毒犯罪案。"我继续说。

斯蒂尔布里的表情立刻放轻松了，"哦，真高兴没什么大不了的，"他如释重负，"我怕是什么讨厌的女人缠着你呢。要知道，像你这样年轻的医生，恰巧又英俊帅气，总会遇到那种危险。把你这个案子讲来听听。"

我向他简明扼要地大致叙述了我与神秘病人的联系，没有提及桑戴克，也略过了我努力确定房子位置的部分，最后我说这件事应该报警。

"是的，"他勉强赞成说，"我认为你是对的，不过这样会极不愉快。警方的案件对医生没什么好处，很浪费时间，你得四处忙着找证据。不过，你说得很对，我们不能对可怜的中毒患者袖手旁观。但我相信警察不会采取任何措施。"

"真的吗？"

"真的。他们喜欢一切都安排妥当后再行动。诉讼费很贵，所以除非他们相当确定犯罪事实时才会起诉。如果他们败诉，就会受到批评。"

"您认为警察不会立案调查吗?"

"他们不会采用你的证据,杰维斯。他们会找些新的证据,但若找不到的话,那就完蛋了。你没有足够有力的证据来击溃能言善辩的律师。再说,那不关咱们的事,你要是想把责任全推给警察,我完全同意。"

"事不宜迟。"我说。

"没必要。我要去拜访维克福特太太,你要去看望拉梅尔家的孩子们,咱们途中路过警察局,干吗不顺路找一下警察呢?"

这个建议正合我意。我们喝完茶就动身,大约十分钟后就到了警察局办公室。

当班的警察从一只高脚凳上站起来,小心地放下手中的钢笔,热诚地和我们握了握手。

"有什么能帮您的吗?"他友善和蔼地笑着问。

斯蒂尔布里说道:"这是我的朋友,杰维斯医生,他最近一两周一直在为我工作,他有极丰富的医学经验,请让他跟您讲吧。"

"是在我业务范围内的事吗?"警官问。

"那,"我说,"得由您来断定了。我想是的,但在您看来未必。"然后,我不再废话,开始给他讲述整个案子的经过,跟之前给斯蒂尔布里讲的一样,我又简明扼要地给他复述了一遍。

他专注地听着,不时地在一张纸上记下一两笔,我叙述完毕,他在一个黑色笔记本上也简要地记好了我的陈词。

"您的话,"他说,"都已经记下来了。稍后我会把这份记录读给您听，如果确认无误，请您签字。"

他读完、我签完字后，我问这件事会如何处理。

"恐怕，"他回答说，"我们不能采取行动。既然您已经向警方报了案，我们会密切关注。但在得到更新的消息之前，我们也只能做这么多了。"

"但是，"我大声说，"您不觉得这事很可疑吗？"

"可疑，"他回答说，"这事确实非常可疑，您来报告给我们真是做对了。"

"可惜不能采取措施，"我说，"你们坐等消息时，他们可能又会给那可怜人一剂吗啡，要了他的命。"

"那样的话我们就会听到消息，除非某个蠢医生会开正常死亡证明。"

"但这个方案很不理想啊，那个人不该就这么死了。"

"您的观点我非常赞同，先生。但是我们没有证据表明他要死了。他的朋友请您去，您用高明的医术救了他，只待康复，我们只了解这些。"见我表示不同意，警官接着说："是的，我知道，您认为他们可能要实施犯罪，我们应该去制止，但您越了我们的权。我们只能在犯罪事实已经发生或企图发生时采取行动。现在我们没有这样的证据。看看您的陈词，请告诉我哪一点您是确定无疑的。"

"我想我可以肯定格雷夫斯先生服用了足以中毒剂量的吗啡。"

"那么是谁给的他？"

"我十分怀疑是——"

"这可不行,先生,"警官打断了我,"怀疑不是证据。我们要您确定一条信息,并能提供足够的证据来证明某人的犯罪事实,可是您做不到。您的信息就等于:某人服用了一定剂量的吗啡,现已明显恢复,就这些。您不能肯定他们的名字是真名,而且您也不能提供任何地址甚至区域位置。"

"我在车上带了指南针装置,"我说,"您无需太费力就能找到房子的位置。"

警官不以为然地轻笑了一下,若有所思地盯着钟。

"您可以做到,先生,"他回答说,"我毫不怀疑您的能力,但我做不到。我们没有足够的证据着手行动。要是您有了什么新消息,希望您通知我们。非常感谢您在这件事上如此费心,晚安。晚安,斯蒂尔布里医生。"

他亲切地与我们握手告别,尽管表现得非常有礼貌,但毫无疑问这是在下逐客令,我们只好离开。

斯蒂尔布里在警察局外长舒了一口气。显然,得知在自己的地盘没出什么乱子,他感到宽慰。

"我想这就是他们的态度了,"他说,"他们说得很对。法律的作用是防止犯罪,确实如此,但我们所设想的预防措施在法律上不可能付诸实践。"

我敷衍地表示同意。居然没有可采取的预防措施,这令我很失望。然而,我已经尽力了。我不再肩负任何责任,因为可以肯定,我大概是最后一次见格雷夫斯先生和房间里的神秘人了,我要把这个案子从心里挥之而去。我和斯蒂尔布里在一个街角分道扬镳，我的注意力很快就从对犯罪的种种猜想中转移到了治疗流行性感冒的现实中。

我在斯蒂尔布里医生那里从事繁重的工作比预期的更久。日子一天天过去，我仍旧在肮脏的肯宁顿街上游荡，或是在狭窄的楼梯间爬上爬下，每晚拖着疲劳的身体上床，或是半夜被医院可怕的门铃吵醒，迷迷糊糊地起床，心里真的很烦。

几个月来，心里一直很烦，因为桑戴克不停地劝我放弃诊所工作，加入他的团队，我始终都在拒绝。我并非不想去，而是怀疑他一直在想方设法实现我的愿望，而不是他自己的，怀疑他是出于好意，而非实际需要。现在我知道实际情况并非如此，便急不可待地想加入他的团队。当我拖着沉重的脚步穿过这片陈旧郊区死气沉沉的大道，看着昔日的乡村别墅和褪色的花园时，我便想念安静、肃穆的学院路和我朋友在步行街的住处。

封闭的马车不再出现，那所神秘房子也不再传来任何消息，不论好坏。格雷夫斯先生显然已经永远淡出了我的生活。

可是就算他已经淡出我的生活，但还没有淡出我的记忆。我散步时，眼前经常不禁浮现出那个光线昏暗的房间，那张吓人的脸，消瘦，憔悴，却不令人讨厌。那天晚上发生的所有事情不时地在我的脑海中一幕幕重现，栩栩如生，印象深刻。我很想忘记这整件事，因为其中的每件事都令我感到不舒服。但它始终萦绕在我的脑海，困扰着我，而且每次重现时都会让我想起不安的问题：格雷夫斯先生还活着吗？如果他不在世了，当时真的没有挽救他的办法了吗？

大约一个月后，诊所开始逐渐恢复正常状态。之后，每天的日程变得越来越固定、规律，每天的工作时间越来越短，我的工作终于到头了。有一天晚上，我们正在记流水账，斯蒂尔布里说：

"杰维斯，我想我现在可以自己打理诊所了。我知道你是为了我才留下来。"

"我是为了结婚才留下来，但若您不需要我了，我也不会难过。"

"我想我一个人可以了，你想什么时候走？"

"尽快。明早吧，我走访几位患者，把他们移交给您后就走。"

"好，"斯蒂尔布里说，"我一会儿给你开支票，晚上安顿好一切，这样你明早就可以随时走了。"

我与肯宁顿街的联系就这样告终了。第二天中午，我漫步穿过滑铁卢桥时，有种囚犯刚被释放的感觉。行李托运后，口袋里仅装着二十五几尼的支票。现在我浑身上下连只手提包都没有，无任何负担。我愉快地从桥北面沿阶而下，顺着堤岸和学院中路走到步行街。

第五章 杰弗里·布莱克莫尔的遗嘱

因为之前已经给桑戴克写过信,所以我的到来并没有让他感到意外。随着里面应了一声"来了",内门的小门环后闪出我的好友桑戴克,他亲自来为我开门,表示对我的到来衷心的欢迎。

"千呼万唤啊,"桑戴克说,"你终于从那所受奴役的房子里逃出来了,我都要以为你准备在肯宁顿定居了呢。"

"我也一直在想到底该什么时候逃出来,现在终于逃出来了。我要宣布,我已经准备好彻底甩开那间诊所,永无关系了——要是你还愿意让我做你的助手。"

"愿意!"桑戴克高兴地大嚷道,"你对我来说太宝贵了,咱们即刻就确定同事关系。明天我就安排你以律师学院实习生的身份入职。咱们到户外去谈吧!享受一下明媚的春光。"

我欣然同意。外面阳光明媚,四月初正是一年里温暖宜人的季节。我们出门走到步行街,然后缓步朝教堂后面幽静的院子走去。可怜的老奥利弗·戈德史密斯静静地躺在那里,他生前希望死后能躺在他的波折一生中最挚爱的地方。我无需重复我们的谈话内容,我对桑戴克的提议没有任何异议,只是他慷慨热情,而我才能浅薄，与之不配。几分钟后我们就商定的契约达成一致，然后桑戴克在一张纸上记下所有款项，签字并注明日期后递给我，这事就完成了。

"哈，"桑戴克收起笔记本笑着说，"要是大家都这样处理事情，那么很大一部分律师就要失业了。精简为智，畏惧精简就是诉讼的开始。"

"现在，"我说，"咱们去吃点东西吧，我邀请你共进午餐，庆祝咱们的契约成立。"

"你才想到啊，还太嫩，"他答道，"我已经安排了一场庆功宴，或者说借花献佛。"

"你还记得马奇蒙先生吗？那个诉讼律师。"

"记得。"

"他今早打电话来叫我和一位新客户到柴郡芝士酒馆一起吃午饭。我答应了，还告诉他会带你一起去。"

"为什么选在柴郡芝士？"我问。

"怎么了？马奇蒙之所以选那里，首先是因为他的客户从未见过老式伦敦小酒馆；其次，今天是星期三，马奇蒙超爱那儿上好的牛排布丁。但愿你没意见吧？"

"哦，不，完全没意见。既然你提到了，说实话我很赞成马奇蒙的选择。我今天早餐吃得相当早，现在已经饿了。"

"那就去吧，"桑戴克说，"约好一点钟见，咱们慢慢走过去，时间应该刚刚好。"

我们在学院路上悠闲地逛着，穿过福利特街，慢慢朝小酒馆走。我们走进古色古香的餐厅，桑戴克环顾四周，只见一个包厢里的绅士起身和我们打招呼，包厢里还有一个人。

"我来介绍一下，这位是我的朋友史蒂芬·布莱克莫尔先生。"我们走上前，他介绍说。然后他转身向他的同伴分别介绍了我们。

"我订了这间包厢，"他接着说，"这样我们就可以尽情私密闲聊了，虽然咱们不大会聊这里的牛排布丁，但当大家闲聊时，话锋迟早会转向那里的。"

桑戴克和我坐在一起，律师和他的客户坐在我们对面，大家彼此互视。马奇蒙嘛，我已经认识了，他是位看起来很专业的老人，典型的老式学校里出来的辩护律师，容光焕发、心思缜密、性情暴躁，饮食讲究。那位客户很年轻，不超过二十五岁，身体健壮，小麦肤色，看起来机敏聪慧。我见他第一眼就很喜欢，然后发现桑戴克也和我一样。

"我早就知道二位的大名了，"布莱克莫尔对我俩说，"我从我朋友鲁宾·霍恩比那听说过很多有关你们的事。"

"啊！"马奇蒙大叹道，"那可是件奇案——报道称之为'红拇指印案'。那可真是让我这样的老律师开眼啊。我们之前有过懂科学的证人，但他们提供不出我们想要的证据，真让他们难堪。但科学律师可是新职业，他们在法庭上的出现，让我们为之一震，我敢发誓。"

"希望我们能再次震惊你们。"桑戴克说。

"这次不会了，"马奇蒙说，"我朋友布莱克莫尔的这个案子牵涉的是纯法律问题,也可以说,没有任何问题,毫无争议。我原本不让布莱克莫尔找你咨询,但他不肯听我的。服务员!我们都等多久了?你们是不是要让我们等死才肯上菜啊!"

服务员抱歉地笑了笑,说:"好的,这就上菜,先生!"就在这时,包厢里放了一个三角凳,凳上有只盆,盆里有个大桶,桶里盛着一块巨大的布丁。一身白衣白帽的切肉师傅立刻猛烈地料理起那块大布丁。我们在座的每一位都饶有兴趣地观看着整个过程,并非完全因为垂涎,而是因为这一幕为风景如画的老式房间增添了一分愉快的气氛。这间老式小酒馆铺的是磨光地板,高靠背的长椅围起包厢,如家一般亲切舒适,对面的墙上还装饰着一副和蔼可亲的肖像,肖像中的人应该是一位著名的词典编纂者。

"这可与华丽辉煌的现代餐厅大不相同。"马奇蒙先生说。

"确实如此,"布莱克莫尔说,"如果说我们的祖先就是这样生活的,那他们似乎比我们更懂得享受。"

大家沉默了一小会儿,马奇蒙先生如饥似渴地盯着布丁。桑戴克开口说:

"所以您没有听从他的劝告,是吗,布莱克莫尔先生?"

"是的。您看,马奇蒙先生和他的搭档已经调查了我的案子,并得出了无计可施的结论。我碰巧向鲁宾·霍恩比提及此事,他便催我来问问您的意见。"

"这人真不知趣,"马奇蒙嚷道,"竟掺和起我客户的案子来。"

"就这样,"布莱克莫尔接着说,"我跟马奇蒙先生谈过后,他认为这案子值得听取您的意见,虽然他警告我不要抱太大希望,因为这案子并非您的专长。"

"所以你要明白,"马奇蒙说,"我们不抱什么期望。实在希望渺茫。我们听取你的意见只是走个形式,以表明我们已经尽心尽力了。"

"这可真是鼓舞人心的开始,"桑戴克说,"这样的话,我要是没成功,也就不尴尬了。不过,同时您也激起了我对这件案子的强烈好奇心,高度机密的案件吗?如果不是,我想告诉您杰维斯现在已经永久加入我的团队了。"

"毫无机密,"马奇蒙说,"公众应当知道实情,而且我们也很乐意让公众知道所有的实情,但需法庭对遗嘱认定后才能公开,只可惜现在还做不到有确凿的证据。"

这时,姗姗来迟的服务员走过来,手脚麻利地为我们服务。

"抱歉,让您久等了,先生。现在吃,有点早,先生。您喜欢嫩一点的牛排,是吗,先生?"

马奇蒙挑剔地看着自己的盘子说:

"我有时怀疑这些牡蛎是贻贝,我敢发誓那些云雀肉其实是麻雀肉。"

"但愿如此,"桑戴克说,"云雀最好在'天堂的门口唱歌',而不是在这做牛排布丁的料理。你接着讲你的案子。"

"好。那只是——要啤酒还是红酒?哦,红酒,我知道。你看不上好喝的老式英国啤酒。"

"喜欢喝啤酒的人自然爱啤酒,"桑戴克反驳道,"不过你刚刚讲那只是——?"

"只是一位执拗的立遗嘱者和一份糟糕的遗嘱,也是个特别刺激的案子,因为一位不合理的人将取代完全合理的继承者来继承遗产,而立遗嘱人的意向——呃——好酒,也许有点糊涂,但要合情合理。啊,比你那酸涩的法国葡萄酒味道好,桑戴克——是——呃——是很显然的。显然,他的遗愿是——芥末?加点芥末味道更好。不要?好吧,好吧!即使是法国人也会吃芥末的。要是你不把食物加工,就吃它纯天然的样子,桑戴克,那你会觉得索然无味。说到味道,你觉得云雀和麻雀的味道有区别吗?"

桑戴克冷冷地笑了,"我想,"他说,"难以区分,但这个问题可以很容易由实验来检验。"

"确实,"马奇蒙表示同意,"真的值得一试,因为,正如你所说,麻雀比云雀更容易弄到。但是,这份遗嘱,我是说,呃,我刚刚说到哪儿了?"

"按照我的理解,您要说,"桑戴克答道,"立遗嘱人的意向与芥末有关,是吧,杰维斯?"

"我听到的信息是这样的。"我说。

马奇蒙一脸惊讶地盯了我俩一会儿,然后幽默地大笑着给自己添了一杯啤酒。

"从职业道德上讲,"桑戴克补充道,"遗嘱的意向不应该与牛排布丁混为一谈。"

"你说得对,桑戴克,"那位律师满不在乎地说,"工作是工作,吃饭是吃饭。咱们饭后到我的办公室或到你那里细细谈一下这个案子。"

"好的，"桑戴克说，"跟我到律师所吧，我给你喝点咖啡醒醒脑。带相关文件了吗？"

"我包里带了所有文件。"马奇蒙答道。随后，我们的对话就随意瞎聊了。

餐毕，买完单后，我们几个走出小酒馆，穿过空荡荡的马车队伍，那几天总有马车在福利特街两边缓缓行进，然后从迈特法院路走回步行街。到了以后，大家围坐在炉火边，人手一杯咖啡，马奇蒙先生从包里取出一大摞文件，大家开始分头看。

"现在，"马奇蒙说，"我把整个情况解释一下。从法律上讲，我们并没有案子——不是那种神秘案件。但我的客户想听听您的意见，我也认为您有可能发现被我们忽视掉的疑点。不过我觉得您找不出什么，因为我们已经彻彻底底地查过这个案子了，但也存在极小的可能。您想先读一下这两份遗嘱，还是让我先给您介绍一下案子的情况？"

"我想，"桑戴克回答说，"把事情的发生经过叙述一遍最好。在查看文件之前，我想尽量了解立遗嘱的人。"

"很好，"马奇蒙说，"那么，我先来叙述一下，简单来说就是这样：我的客户史蒂芬·布莱克莫尔是已故的爱德华·布莱克莫尔的儿子，爱德华·布莱克莫尔有两个兄弟在世，哥哥约翰，弟弟杰弗里。杰弗里是这个案子里的立遗嘱者。"

"大约两年前，杰弗里·布莱克莫尔立了一份遗嘱，让他的侄子史蒂芬做他的遗嘱执行者和唯一遗产继承人，几个月后，他又补充了一条遗嘱附录,要给他的兄长约翰二百五十镑。"

"遗产价值多少?"桑戴克问。

"大约三千五百镑,都投资在公债上。立遗嘱者在外交部有养老金作为生活支出,剩下的资本未动。他立下遗嘱之后不久,就离开了位于杰明街的家,他在那儿生活了好几年。他把家具存放起来,去了佛罗伦萨。从那儿又去了罗马、威尼斯,还有意大利的其他地方,一直旅行到去年九月底,好像才回到了英格兰。十月初,他在纽因租了一套房,并从他的老宅子里搬了些家具过去。据我们所知,他从不与任何朋友来往,除了他哥哥。而且,他在纽因居住或回到英国的事是他们在他死后才得知的。"

"他平时也这样吗?"桑戴克问。

"不完全是,"布莱克莫尔答道,"我叔叔是一个勤奋、独处的人,但并非隐士。他不常与人联系,但与几个朋友保持一定联系。比如说,他过去有时候会给我写信,我从剑桥来度假时,他会让我在他那留宿。"

"发现有什么事情导致他习惯发生变化吗?"

"有的,"马奇蒙回答说,"一会儿就讲。我先接着讲:三月十五号,有人发现他死在了房间里,然后就发现了一份新遗嘱,标注的日期为去年十一月十二日。新遗嘱中的内容没怎么变。由此可知,他立下新遗嘱是为了更准确地表述他的意愿,也是为了去掉添加的附录。除了二百五十磅之外,所有财产如以前一样遗赠给史蒂芬,但有些具体条目有了变动,遗嘱中改他的兄长约翰·布莱克莫尔为执行者和剩余遗产继承人。"

"我知道了,"桑戴克说,"实际上遗嘱中您客户的利益并未因这些变动而受损。"

"听起来是这样,"律师拍着桌子强调自己的话,"但就可惜在这儿了!要是不懂法律知识的人都能克制住修改遗嘱,那将省去多少麻烦啊!"

"哦,得了吧!"桑戴克说,"这可不是律师该说的话。"

"是的,我不该那样想,"马奇蒙表示同意,"只是,你懂的,我们喜欢麻烦在别人那里。在这个案子里,麻烦却在咱们这里。如你所说,遗嘱的改动似乎并没有影响史蒂芬的利益。可怜的杰弗里·布莱克莫尔也是那么想的。但他错了。这变动绝对带来了灾难性的影响。"

"确实!"

"是的。正如我所说,新遗嘱生效时,立遗嘱者的情况没有任何变化。但就在他去世前两天,他的姐姐,艾德蒙·威尔逊夫人去世了。她的遗嘱表明,她已经把全部遗产遗赠给了杰弗里,总计约三万镑。"

"嘿哟!"桑戴克感叹道,"多么不幸啊!"

"你说得对,"马奇蒙先生说,"真是糟透了。按原遗嘱,这笔巨额遗产应该由史蒂芬先生继承,而现在,当然变成剩余遗产继承人约翰·布莱克莫尔先生的了。更令人气愤的是,这显然与杰弗里先生的意愿不符,他显然希望由他的侄子来继承遗产。"

"是的,"桑戴克说,"我认为你的猜测是合理的。但你知道杰弗里先生是否知道他姐姐的意图呢?"

"我认为他不知道,她的遗嘱是在去年九月三日刚刚立下的,似乎从那时起她和杰弗里之间就没有过联系。此外,如果您仔细想想杰弗里先生的做法,就会发现他并不知道或并没料到会有这份如此丰厚的遗产。否则一个人会详细说明三千镑遗产的处置方法,而留下一笔三万镑作为剩余遗产任人随意处置吗?"

"不会的,"桑戴克表示同意,"而且,正如您所说,立遗嘱者的意图明显是将他的大部分财产留给史蒂芬先生,所以我们几乎可以肯定杰弗里先生不知道他是他姐姐的遗产受益人。"

"是的,"马奇蒙先生说,"我想几乎可以肯定。"

"至于第二份遗嘱,"桑戴克说,"我想没有必要问是否检验过了,我的意思是没必要怀疑它的真实性,以及它是否完全遵照常规。"

马奇蒙先生沮丧地摇了摇头。

"没必要,"他说,"很遗憾,文件的真实性和常规性都无疑点。遗嘱生效时当时所处的情况也毫无疑问是真实的。"

"当时是什么情况?"桑戴克问。

"是这样:去年十一月十二日上午,杰弗里先生手里拿着文件来到门卫的小屋,'这个,'他说,'是我的遗嘱,我想让您见证我的签字。你不介意吧?您能再找一位好心人作第二见证人吗?'恰巧门卫的侄子,一位职业画家,刚好在旅馆。门卫便把他侄子叫来,两人都同意做他的见证人。'尽管没必要,但为了保险,你们最好读一遍遗嘱,'杰弗里先生说,'文件里没有任何私密信息。'那两人便读了文件,杰弗里先生当着他们的面签字后,他们也附上了各自的签名。我还要补充一点,画家当时留下了三个可识别的油指印。"

"这些证人已经核实过了?"

"核实过了,他们都发誓说文件和签名都是真的,画家也认出了自己的指纹。"

"那似乎有关遗嘱真实性问题解决了。如果杰弗里先生是独自去门卫那里,那有关他是在不当影响下签订遗嘱的问题也就解决了。"桑戴克说。

"是的,"马奇蒙先生说,"我认为这份遗嘱完美无瑕,我们无需再做鉴定。"

"杰弗里竟然不知道他姐姐的遗嘱,"桑戴克说,"这令我感到很奇怪。您能解释一下吗,布莱克莫尔先生?"

"我觉得很正常,"史蒂芬答道,"我对姑姑的事情知之甚少,我想叔叔杰弗里知道的也多不到哪里去,因为他对我姑姑的印象是她这一生只对她丈夫的财产感兴趣。他的印象也许是对的。不清楚她留给叔叔的这笔钱到底是什么钱。她寡言少语,几乎不信任任何人。"

"有没有可能她自己最近才继承这笔钱?"桑戴克说。

"很有可能。"史蒂芬答道。

"她是,"桑戴克瞥了一眼他之前做的笔记说,"在杰弗里去世前两天去世的。是几号?"

"杰弗里是三月十四号去世的。"马奇蒙说。

"那么,威尔逊太太就是在三月十二号去世的?"

"是的。"马奇蒙答道。

桑戴克接着问:"是突然去世的吗?"

"不,"史蒂芬答道,"她死于癌症,是胃癌。"

"您知道杰弗里和他哥哥约翰之间关系怎么样?"桑戴克问。

"据我了解,"史蒂芬说,"他们曾经关系不太好,但后来可能和好了,具体情况我不清楚。"

"我之所以问这个问题,"桑戴克说,"是因为我敢说你已经注意到了,在第一份遗嘱中有了一点他们关系改善的暗示。因为最初写的是史蒂芬先生是唯一继承人。然后不久,加了一条有利于约翰的遗嘱附录,这表明杰弗里觉得有必要顾及一下手足情。这似乎表明他们的关系发生了一些改变,那么问题出现了:如果这种变化确实发生了,那它是不是一段新的兄弟情谊进一步改善的开端呢?关于这个问题您有何证据吗?"

马奇蒙噘起嘴表示不悦,他思考了几分钟后回答说:

"我得说'是的'。有一个不可否认的事实,在杰弗里的朋友中,约翰·布莱克莫尔是唯一知道他住在纽因的人。"

"哦,约翰知道?"

"是的,他肯定知道,因为有证据表明他曾多次往杰弗里的房间打电话,这不可否认。但是,您请注意!"马克蒙先生强调说,"前后遗嘱意思是一致的,第二份遗嘱中没有表示杰弗里想在实质上遗赠给他的兄长。"

"我非常同意您的观点,马奇蒙,我认为这是毫无疑问的。我想,您已经充分考虑到了可以忽略第二份遗嘱的可能性,因为它不能代表立遗嘱者的真正意愿。"

"是的。我的搭档温伍德和我非常仔细地研究了这个问题，我们还听取了律师贺拉斯·巴纳比先生的意见，他和我们观点一致。法院一定会坚持承认遗嘱。"

桑戴克说："这只是我的个人观点，尤其是在您告知我之后。按我的理解，约翰·布莱克莫尔是唯一知道杰弗里住在纽因的人吗？"

"是的。另外，他的银行家们知道，给他发放退休金的有关工作人员也知道。"

"当然，他必须通知银行家们他的家庭地址变更。"

"是的，当然。银行经理告诉我说，最近他们发现杰弗里的签名笔迹略有变化——我想当您听完我的话您就会明白原因。笔迹的变化很微妙，不常见，但当人变老时有可能发生，特别是在人的视力衰退时。"

"杰弗里先生的视力衰退了？"桑戴克问。

"是的，毫无疑问，"史蒂芬说，"他有一只眼睛几乎失明，在他写给我的最后一封信中，他提到另一只眼睛也开始有了白内障的迹象。"

"您提到过他的退休金。他定期领取吗？"

"是的，他每个月都去领，或者说，他的银行家替他领。他在国外时是这样做的，外交部似乎允许他们这样做。"

桑戴克看着手中纸条上的笔记想了一会儿，马奇蒙不怀好意地笑着看着他。然后马奇蒙说：

"博学的律师也有点茫然不知所措了。"

桑戴克大笑起来。"在我看来，"他反驳道，"您的做法更像是好心办坏事。您的描述似乎不能提供任何可为我们利用的蛛丝马迹。但我们不会放弃，我们对遗嘱差不多已经研究透了。咱们现在来找一些有关各方的证据吧，杰弗里是中心人物，那么就从他和他在纽因发生的悲剧开始，也是引起所有麻烦的开始。"

第六章　逝者杰弗里·布莱克莫尔

做出上述提议后，桑戴克换了一张新纸放在膝上的垫板上，他用探询的目光看着马奇蒙，而马奇蒙却叹了口气，无奈地看着桌子上那厚厚的一摞文件。

"您想知道什么？"他有点不耐烦地问。

"一切，"桑戴克回答说，"您刚刚的话中透露杰弗里的习惯有些变化，也就是他的签名字迹有点异样。咱们来研究一下。恕我再冒昧提议，我们要么按照事件发生的顺序，要么按事件被发现的顺序来逐步分析。"

"你这点最讨厌了，桑戴克，"马奇蒙抱怨道，"一个案子，在法律意义上，已经被分析得淋漓尽致了，你现在居然又想从每一个人的家族史、他的所有物、甚至家具入手重新开始调查。但你肯定会白费力气的。让你了解你想要的信息的最好办法就是把杰弗里·布莱克莫尔的死亡情况讲给你听，如何？"

"最好不过了。"桑戴克答道。于是马奇蒙开始讲：

"杰弗里·布莱克莫尔的死亡是在三月十五日上午十一点左右被发现的。当时有一位建筑工人正爬梯子去检查纽因客栈的

31号房间,他爬到三楼时,通过顶部的窗户向房内看,发现一位先生正躺在床上,穿戴整齐,好像是躺在床上休息。至少那时他是那样想的,因为他只是向上爬时路过那扇窗,并没有仔细看。但大约十几分钟后,他爬下来时,发现那位先生一动没动,于是仔细地看了一下,才发现——也许最好还是用他录口供时的原话来讲给您听。

"'仔细去看那位先生,我被惊到了,他看起来相当怪,面色煞白,可以说毫无血色,像羊皮纸似的,张着嘴,似乎已无呼吸。在床上,他身边有一件铜制品——我看不清是什么——他手里好像握着个金属物。我觉得这事很怪,所以,我下来后就去告诉了门卫。门卫跟着我出来,我把窗口指给他看。然后,他告诉我上楼去第二个房门,也就是布莱克莫尔先生的房间敲敲门,听听里面是否有动静。我上楼去敲门,一直使劲地敲,把其他房间的人都敲了出来,但布莱克莫尔先生的房里没有任何回应。于是我又下楼,然后门卫沃克先生就让我去报警。我出门刚好在丹尼酒店门前遇见一位警察,把事情告诉他,他便跟我一起回来。他和门卫商量了一下,决定让我爬梯子从窗子进入房间,打开房门。于是我就爬了上去,我刚从窗子进到房间里就发现那位先生已经死了。我穿过另一个房间,打开房门让门卫和警察进来。'

"看,"马奇蒙先生放下口供说,"可怜的杰弗里·布莱克莫尔的死就是这样被发现的。

"警察把情况汇报给督察,督察带着法医来到纽因。我不需要查看警官的证词,因为法医检查了所有该检查的,有关杰弗里

的死因全写在声明里了。法医首先讲述了自己如何被请到纽因,去了旅店,然后描述道:

"'我在卧室发现一具男尸,年龄在五十到六十岁之间,最终认定为杰弗里·布莱克莫尔先生。死者穿戴整齐,仰卧在床上,看似非睡觉状,没有打斗或骚乱的痕迹,脚上的靴子上沾有一些干泥。死者右手松松地抓着一只皮下注射器,内有几滴澄清液体,经分析为毒毛旋花子甙K浓缩液。

"'床上,紧贴死者身体左侧有一支黄铜鸦片烟枪(据图纹样式判断,我认为是中国制造),烟斗里有少量木炭、一片鸦片及些许烟灰,床上也有一点烟灰,可能是烟枪无意掉落或人为放下时从烟斗中掉落的。在卧室的壁炉架上发现一个装有约一盎司固体鸦片的玻璃塞小罐子和一个装有小木炭片的大罐子。还有一只碗里盛着一些烟灰,其中夹杂着半燃烧的木炭片和几小片烧焦的鸦片。碗边放着一把刀、一把类似锥子或刺针一样的东西,可能是用来把点燃的木炭放到烟枪中。

"'梳妆台上有两支玻璃管,贴着"皮下注射片:毒毛旋花子苷1/500粒"标签,一只小玻璃研钵和杵。玻璃管中有少量晶体,据分析为毒毛旋花子苷。

"'经尸检认定,死亡时间约为十二小时前。没有暴力或任何异常情况迹象,除了死者右侧大腿有明显的皮下注射器的针眼。针眼是垂直深入的,好像针是隔着衣服刺入的。

"'尸检发现,死者是由大腿处注射的毒毛旋花子苷中毒致死。梳妆台上的两只玻璃管内装满,均有二十片,每片的含量为一粒毒毛旋花子苷晶体的五百分之一。假设注射全部剂量，那么总量达五百分之四十，或者约为一粒晶体含量的十二分之一。毒毛旋花子苷的正常医用剂量为一粒晶体的五百分之一。

"'死者体内还发现有吗啡，鸦片的主要成分，由此推断死者是吸食鸦片者。尸体的整体状况，营养不良、瘦弱憔悴，也支持了这一推论。这些状况是长期习惯性吸食鸦片者的尸体的普遍状况。'

"这是法医提供的证词，是他的回忆。但同时我认为你会认同我的观点：法医的证词不仅充分表明杰弗里的习惯——独处、神秘的生活方式——改变了，也说明了他的笔迹改变的原因。"

"是的，"桑戴克表示同意，"似乎是这样。对了，他的笔迹有什么变化？"

"变化很小，"马奇蒙回答，"几乎看不出来。只是稍显不稳、不清晰。这样微小的变化可能是由于酗酒、吸毒或任何可能伤到手的力度和稳定性的因素所致。我本来没有注意到，但银行的工作人员都是长期鉴定签名的专家，他们审查得极其仔细。"

"还有关于这个案件的其他证词？"桑戴克问。

马奇蒙翻了翻那摞文件，然后冷冷地笑了。

"亲爱的桑戴克，"他说，"这些证词与案件没有丝毫关系，与遗嘱毫不相关。但我知道你与众不同，这次我就彻底纵容你。下一份证词是门卫沃克的，他是一位非常受人尊敬、聪明智慧的人。这是他的口供：

"'我看过了这个案件中死者的尸体，是杰弗里·布莱克莫尔先生，纽因客栈三楼31号房的租客。我认识他有近六个月了，其间我经常见到他并与其攀谈。他于去年十月租下三楼的那套房间，并即刻入住。纽因的租客必须有两位推荐人。死者的推荐人分别是他的银行家们和他的兄长约翰·布莱克莫尔先生。可以说，我对死者非常了解。他是一位文静、有礼貌的绅士，他习惯偶尔来我的小屋和我聊聊天。因为一些小事我随他去过一两次他的房间，我注意到他的桌子上总有一些书和文件。从他那了解到，他大部分时间都待在房间里学习和写作。我对他的生活方式了解甚少。他没有订洗衣服务，所以我想他是自己做家务、做饭，但他告诉我说他大多数情况都在外面的饭店或他所属的俱乐部用餐。

"'死者给我的印象是相当忧郁、情绪低落，很大程度是受到视力问题的困扰，他曾几次向我提到这个问题。他告诉我说他的一只眼睛已经失明了，另一只眼睛的视力也在急速下降。他说视力的问题极大地折磨着他，因为他人生唯一的乐趣就是阅读，要是不能阅读，也就没了生活的希望。有一次他说："人若看不到东西，生活便失去了意义。"'

"'去年十一月十二日，他手拿一张纸来到我的小屋说那是他的遗嘱——'

"但我没必要读了，"马奇蒙把那页翻了过去，"我已经告诉过你签署和见证遗嘱的过程。咱们直接跳到杰弗里死亡的那一天吧。

"'三月十四日，'门卫说，'晚上六点半左右，死者乘一辆四轮车回到酒店。那天大雾。我不知道车里还有没有其他人，但我想没有,因为快到八点时,他到我的小屋和我聊了一会儿。他说他被大雾困住了,什么都看不见,不得不找了一位陌生人替他叫了一辆马车,因为他自己根本看不到路。然后,他给了一张房租的支票,我提醒他租金到二十五号才交,但他说他想现在就付。他还给了我一些钱用来支付一些小商贩的账单,比如牛奶工、面包师、文具店。

"'这让我感到很奇怪,因为他向来都是自己打理这些事情,亲自付钱给那些小贩的。他告诉我大雾刺激到了他的眼睛,他几乎不能阅读了,他怕自己很快就会完全失明。他非常非常沮丧,以至于让我感到很担心。他离开小屋后好像就穿过庭院回自己的房间了。此后门就再没开过,我只开过大门。那是我最后一次见到死者。'"

马奇蒙先生把那张纸放在桌上。"这就是门卫的证词。其余的是更夫、约翰·布莱克莫尔和我们的朋友史蒂芬先生的证词了。更夫没有太多证词,下面就是了:

"'我看过死者的尸体,认出是杰弗里·布莱克莫尔先生。我对死者很面熟,偶尔跟他说几句话。我不了解他的习惯,除了他常常熬夜到很晚。我的职责之一就是夜间在旅馆巡逻,报时到凌晨一点钟。我报"一点钟"时,经常看到死者的客厅灯还亮着。十四日凌晨一点后,他的房间里还亮着一盏灯,不过是卧室的灯。客厅的灯十点钟就熄了。'"

"咱们现在来看看约翰·布莱克莫尔的证词吧。"他说。

"'我看过死者的尸体,认出是我的弟弟杰弗里。我最后一次见他是二月二十三日,那天我到他房间看望他。他的精神状态看起来似乎非常不好,他告诉我说他的视力正快速下降。我知道他偶尔吸鸦片,但我不知道他已经形成了习惯。我曾几次敦促他戒掉。我认为他不会有什么不光彩的事,除了视力下降外他不会有什么想不开的事以至于放弃生命。但是,想到我上次见他时的精神状态,我便对所发生的事情并不感到惊讶了。'

"这就是约翰·布莱克莫尔的证词了,对史蒂芬先生来说,他的陈述只是说明了他认定死者是他叔叔杰弗里。我想您现在已经得知了全部事实。在我走之前还有什么要问的吗?我现在真的得走了。"

"我还想,"桑戴克说,"更多地了解一下这案子。不过也许史蒂芬先生可以为我提供所需的信息。"

"我想他能,"马奇蒙说,"无论如何,他比我了解的多。那我先行离开了。要是您想起任何,"他狡黠地笑了一下,接着说,"推翻这份遗嘱的方法,就通知我,我会立刻提出中止诉讼。再见!不用麻烦送我了,您留步。"

他刚走,桑戴克就立刻转向史蒂芬·布莱克莫尔。

"我要问你几个小问题,你知道我的调查方法是关注人和事,而非文件。比如说,我并没有完全了解你叔叔杰弗里是什么样的人。你能再多告诉我一点有关他的信息吗?"

"您想了解什么?"史蒂芬略显尴尬。

"嗯,从他的外貌开始。"

"这很难描述,"史蒂芬说,"他中等身材,身高大约五英尺七；平头，头发微白；没有胡须；相当纤瘦；灰色的眼睛，戴眼镜；走路有点驼背。他举止安静、温柔，性格相当顺从，优柔寡断，虽然他身体并不强壮，除了视力不好之外也没有什么病，他大约五十五岁了。"

"他怎么才五十五岁就能领公务员养老金了呢？"桑戴克问。

"哦，那是因为一场意外。有一次他从马上跌了下来，他是个容易紧张的人，受到严重惊吓，一段时间后身体就完全垮了，但他是因为视力下降才退休的。从某种程度来讲，那次从马上摔下来伤了他的眼睛，他的一只眼——右眼——从那时起就失明了，因为那只眼睛之前是好的，但那次意外之后视力受损严重。工作单位最初给他病假，然后就批准他退休享受养老金。"

桑戴克记下这些细节，然后说：

"人们不止一次提到你叔叔勤奋好学。他专攻某门学科吗？"

"是的，他热爱东方文化，曾出差去过横滨和东京，还去过巴格达，他非常关注当地的语言、文学和艺术。他也对巴比伦和亚述的考古有极大兴趣，在比尔斯·尼姆鲁德的考古挖掘工作中还帮了一段时间的忙。"

"这确实非常有趣！"说桑戴克，"我没想到他有如此大的成就。马奇蒙先生所讲的事实几乎不会让人了解到他真实的一面：一位与众不同的学者。"

"马奇蒙先生并不了解我叔叔的这一面，"史蒂芬说，"而且，他也不会考虑到这方面。其实，连我也不会考虑。当然了，我没有处理法律事务的经验。"

"凡事不可提前断言,"桑戴克说,"真相可能就在瞬间出现,所以最好收集一切可掌握的信息。顺便问一下,你知道你叔叔是位瘾君子吗?"

"不,我不知道。我只知道他从日本回来时带了一支鸦片烟枪,但我以为那只是件古董。记得他告诉过我,他曾试着吸过几口鸦片,发现那东西相当舒服,尽管吸过后会头疼。但我不知道他已形成习惯,事实上,在调查中得知这个真相时我惊呆了。"

桑戴克把史蒂芬的回答也记了下来,并说:

"关于你叔叔杰弗里的问题就这么多。现在咱们来聊聊约翰·布莱克莫尔先生这个人吧!"

"关于他我恐怕讲不出那么多。我小时候见过他,后来就再也没见过,直到案件调查。但他和杰弗里叔叔有很大不同,不论外表还是性格。"

"您说他们两兄弟长得特别不像?"

"嗯,"史蒂芬说,"我知道不应该那样说。也许我夸大了他们长相的差异。我最后一次见到杰弗里叔叔时他的样子和在案件调查中见到约翰叔叔时的样子外表迥然不同。杰弗里消瘦苍白,胡须剃得很干净,戴着眼镜,走路时有点驼背。而约翰则又高又壮,头发花白,视力正常,身体健康,面色红润,动作敏捷,下巴和唇上都蓄着胡须,胡须黑亮,只有星星点点的白。虽然他们的五官特点相似,但看起来完全就像两个人。其实我听说过,他们两个年轻时长得相当像,都像母亲。但毫无疑问,他们性格不同。杰弗里安静、严肃、好学,而约翰倾向于刺激快乐的生活,他过去常常看赛马，也喜欢赌博。"

"他的职业是什么？"

"很难说，他多才多艺，有很多职业。他起初在一个大型酿酒厂的实验室做学徒，但他很快就离开去做了演员。他似乎多年来一直在做这行，不停地在全国巡演，偶尔也去美国。那样的生活似乎很适合他，我想作为一名演员他是成功的。但他突然离开了舞台，和伦敦的一家不讲信誉的小企业扯上了关系。"

"他现在做什么？"

"在案件调查中，他说自己是股票经纪人，所以我想他仍和那家小企业有关系。"

桑戴克起身，从参考书架上取下一份股票交易所的成员名单翻起来。

"是的，"他换了一本说，"他是股票经纪人。他的名字不在交易所的成员名单上。据你所述，不用怀疑就很容易理解他们两兄弟为什么不那么亲近，他们几乎没有共同点。您还了解更多吗？"

"没有了。我从来没有听说他们有过任何争吵或分歧。我想他们之所以关系不太融洽是因为遗嘱的条款，特别是第一份遗嘱。他们肯定不想融入彼此的社会圈。"

"不能下定论，"桑戴克说，"对于遗嘱，一个节俭的人往往不太愿意把自己的积蓄留给一个可能会在草坪或股票上寻乐子的人。然后，刚好有你在，显然是更合适的遗产继承人，因为你的人生道路刚开始。但这只是猜测，而且这事目前与案件并无重要关系。现在，请告诉我约翰·布莱克莫尔与威尔逊夫人的关系。据我所知，她把大部分财产都留给她的弟弟杰弗里了，是吗？"

"是的。她没给约翰留下任何东西。事实上，他们几乎不说话。我认为约翰对她的态度相当恶劣，或者，她认为是那样。她已故丈夫威尔逊先生在我说的那家小公司投资过一笔钱，她怀疑是约翰鼓动他投资的。可能她误会了，但您知道，女人认定的事谁都改变不了。"

"你对姑姑了解得多吗？"

"不多，非常少。她住在德文郡，很少和我们见面。她是一个沉默寡言而又很有主见的女人，与她的兄弟们大不一样，她似乎和她父亲家的人很像。"

"你能告诉我她的全名吗？"

"茱莉亚·伊丽莎白·威尔逊。她丈夫叫艾德蒙·威尔逊。"

"谢谢，还有一点。你叔叔去世后他在纽因的房间怎么处置的？"

"一直关着门。因为他把所有的遗产都留给了我，暂且由我保管，租房原封未动。我本想自己留着用，但目睹了我叔叔的死后，我就不想住在那里了。"

"你后来查看过那里了？"

"我刚查看过，调查那天去的。"

"现在请告诉我：你看过那些房间后对叔叔的习惯和生活方式有何印象？"

史蒂芬歉意地笑了。"恐怕，"他说，"在那方面没表现出什么特别的印象。我查看了客厅、一些老家具，然后到卧室，看见他的尸体在床上留下的压痕。我有一种非常恐怖的感觉，于是就立刻离开了。"

"但房间的样子肯定让你有某种感觉。"桑戴克紧逼道。

"恐怕没有。您知道，我没有您那样善于分析的眼光。不过，您想亲自去看看吗？如果您愿意，就去吧。那些房间现在都是我的了。"

"我很乐意去看看。"桑戴克回答说。

"很好，"史蒂芬说，"我这就给您我的名片，我会提前嘱咐门卫，让他把钥匙给您，您随时想去都可以。"

他从手提包中拿出一张名片交给桑戴克，名片上写有几行字。

"您真是太好了，"他说，"如此费心。我和马奇蒙先生一样，没指望您的努力会有任何结果，但我还是非常感谢您如此深入透彻地调查这个案件。我想冒昧地问一下，您认为有推翻那份遗嘱的可能吗？"

"目前来说没有，"桑戴克回答说，"在我仔细衡量过与案件相关的每一个细节前——无论是否与遗嘱有关——我都不会表达任何观点，哪怕是让你高兴的观点。"

史蒂芬·布莱克莫尔离开后，桑戴克收起所有的记录纸，在边缘整齐地打了几个洞，然后插入一个小文件袋，装进口袋里。

"这些信息是调查所需的核心数据，"他说，"我非常担心咱们是否还能得到新的资料。你怎么看，杰维斯？"

"这个案子看起来很无望,"我答道。

"我也是这么想的,"他说,"正因为如此,我比以往更热衷于想从中发现点什么。我不比马奇蒙更抱有希望,但我会把这个案子彻彻底底研究透,不放过任何蛛丝马迹。你接下来准备干吗?我得去参加格里芬生活办公室的董事会会议了。"

"我送您下楼,好吗?"

"不用了,杰维斯,谢谢,我自己走。我想把这些笔记梳理一遍,让案件的内容完全印在脑子中。一切做好后,我才能准备好接受新的任务。知识若非记在心里则是无用的,只有真正记在心里了才能随时瞬间发挥作用。你最好拿着烟斗,在壁炉边安安静静地读上一个小时的书,也可以把刚才的信息反刍消化一下。我也要把咱们刚才享受的混杂的精神盛宴消化一下。"

说完这些,桑戴克就离开了。我采纳了他的建议,把椅子拉近壁炉,烟斗里装好烟叶,但我没有一点阅读的欲望。刚刚所听到的奇怪故事和桑戴克想进一步搞清真相的坚定决心让我陷入沉思。此外,作为他的下属,我的工作就是帮他一起查案子。因此,翻了翻炉火,弄好烟斗后,我便全心投入重新思考杰弗里·布莱克莫尔遗嘱案中。

第七章　楔形文字铭文

桑戴克的诉讼通常会让人们，尤其是律师们，感到震惊，因为我朋友习惯于用不寻常的观点看待事情。他与别人看待事情的方式不同，他不持偏见，也不遵从惯例。别人坚信不疑，他却深表怀疑；别人绝望，他却怀抱希望。因此他经常接下那些经验丰富的律师不屑且拒绝的案件，更重要的是，他常会成功解决案件。

我曾在一个人称"红拇指印案"中与他共事过。当时人们都质疑破案的可能性，但他经过深思熟虑，把不可能变成了可能；从仅仅可能变成了确实可能，从确实可能变成了确定的事实，最终赢得了胜利。

眼前这个案件他是否也能创造奇迹？他没有拒绝这个案子，而是怀抱希望，可能此刻正在思考那案子呢。还有其他不可能的吗？这个案子的内容是一个人立下遗嘱，可能是他自己执笔后带到某个地方，在有效的证人面前执行确立的。没有迹象表明他受到了胁迫，甚至是唆使或劝说。立遗嘱者是公认的正直、负责的人，如果他的遗嘱不能遵从自己的真正遗愿——但这无法证明——那是由他自己草拟遗嘱时的疏忽造成的，并未受到任何特殊情况的影响。桑戴克正在考虑的问题是如何驳回那份遗嘱。

我将所听到的叙述回顾了一番，但思来想去只能认同马奇蒙先生的判断。我又想起刚才的事。桑戴克显然很想去查看杰弗里·布莱克莫尔的房间，但他未表现出想看的急切。他当时向史蒂芬提问，实际上也并非想了解额外信息，而是为了得到机会亲自去看看房间。他的表现让我很好奇。

我的同事回来时，我仍然在考虑这个问题，博尔顿托着茶盘跟在后面，我立即说：

"桑戴克，您走后我一直在思考布莱克莫尔的案子。"

"想通了？"

"没有，折磨死我了，一点头绪都没有。"

"和我同样。"

"可是，您若找不出疑点的话，为什么要接这个案子？"

"我接下它只是为了思考分析，"桑戴克说，"我从不拒绝任何案件，除非是明显不靠谱的。如果你仔细地深入研究，就会惊讶地发现那些困难和不可能慢慢减少。经验告诉我，最不可能的案子至少也值得思考。"

"对了，您为什么想查看杰弗里的房间？你期望发现点什么？"

"我完全没期望。我只是在寻求真相。"

"您问了史蒂芬·布莱克莫尔那些问题，难道没有任何想法，没有明确目的？"

"没有,只是想尽可能多地了解这件案子。"

"也就是说您去检查那些房间也没有任何明确目的?"我说。

"不能那样说,"桑戴克回答说,"这虽是一宗法律案件,但我权当它是一起医学案件分析给你听。假设一个人向你咨询体重持续不断下降的问题,他不知道原因,也没有疼痛和任何不适,没有任何症状。总之,他各方面都感觉良好,但就是体重持续下降。你会怎么办?"

"我会给他做全身检查。"我答道。

"为什么?你期望发现什么?"

"我不知道该期望发现什么特别的。但我应该逐个检查每个器官的功能,如果没有发现任何异常,就不得不放弃。"

"是这样,"桑戴克说,"这就是我的基本做法和行动步骤。这是个普通寻常的案件,只有一点异常。而我们对那一点异常做不出任何解释。"

"杰弗里·布莱克莫尔立了一份遗嘱。这份遗嘱写得很好,显然充分表达了他的意愿。然后他撤回了那份遗嘱另立了一份新的,其情况或意图没有发生改变。人们认为新遗嘱与旧遗嘱的意图完全相同,唯一的不同是新遗嘱中有缺陷,旧遗嘱没有,而且肯定他一直没有意识到。可是他为什么撤销旧遗嘱而重立一份内容看似相同的新遗嘱呢?这个问题没法回答,这是案子中的异常之处。其中必有蹊跷,我的工作就是去探索它。但就目前所掌握的事实,我毫无发现,因此,我的目的是寻找新线索,这可能是调查的起点。"

桑戴克所提出的行动方案虽然很合理，但并没有令我非常信服。我发现我又站在了马奇蒙的立场上，认为那份遗嘱真的没有争议。但当时我们的注意力被别的事分散了，直到晚饭后桑戴克才又回到这个话题。"今天晚上想去纽因转转吗？"他问。

"我想，"我说，"白天去更好吧。那些老房子的照明通常不太好。"

"你想得很周全，"桑戴克说，"所以咱们最好带个灯。去实验室，从博尔顿那里拿一个。"

"没那个必要，"我说，"你给我的口袋灯还在我的大衣口袋里，我本想还给你的。"

"你用到了吗？"他问。

"用到了。我又去了那神秘的房子一次，并且执行了你的计划。有时间一定得告诉你。"

"我会对你的所有冒险都感兴趣。灯里的蜡烛还够吗？"

"哦，够的，我只用了大概一个小时。"

"那咱们走吧。"桑戴克说。于是我们便出发去寻找线索。路上，我再次回顾了诉讼中明显的含糊之处。然后，我和桑戴克重新聊起那个话题。

"无法想象你绝对没有任何看法，你要去这个地方没有任何明确目的。"我说。

"我可没那样说，"桑戴克回答，"我说我并没打算寻找什么特定的东西或真相，只是希望可以找到一些新线索给我一点启发。但这并不是全部。你知道，调查遵循一定的逻辑过程，从明显的事实开始观察，我们已经做到了，那些事实是由马奇蒙提供的。下一个阶段便要自己提出一个或多个暂时的解释或假设，那点我们也做了——或者，至少我做了，但我想你也做了。"

"我没有，"我说，"杰弗里已经立了遗嘱，但为什么要更改呢？我一点都想不通。我想听听你目前对这个问题的猜想。"

"现在不会告诉你，那只是我的胡乱猜想。但话又说回来，咱们下一步怎么做？"

"去纽因，彻底翻查死者的住处。"

桑戴克笑着没理睬我的回答，接着说：

"我们依次检查每一个角落，看看有什么发现，看看它是否与已知事实一致，是否会带来新的发现；另一方面，也确认一下是否有不一致或误导我们的地方。举个简单的例子。假设我们发现一个地方散布着大量石头，这些石头与在邻居家发现的岩石完全不同，那么问题就出现了，这些石头是怎么来的？我们提出三种解释：一，它们是之前火山活动的产物；二，它们是有人从其他地方带来的；三是由于冰川运动它们从遥远的国度移动而来的。现在每种解释都会引出不同结果。若是由于火山运动，那么它们曾经处于融合状态。但我们发现它们是石灰岩，里面含有化石，那么它们就不是火山导致的。若是由于冰山运动，那么它们曾经是冰川的一部分，其中一些石头的平面上很可能有冰川石所特有的平行划痕。我们经检查发现表面确实有划痕特征，那么它们就可能是由冰川带到这里的。但也不能排除人为因素，因为可能有人从别的地方带来，那就需要进一步与其他事实进行比较。

"我们破案的过程与刚才的例子相似。根据已知的事实找寻一些可能的解释，从解释推断出结果，如果所得结果与新的事实一致，说明解释正确；如果相悖，解释就不成立。目的地到了。"

我们转出威奇街，进入通往纽因的拱形通道，在小屋半开着的门前停下。一个身材粗壮、面色发紫的男人蹲在火边剧烈地咳嗽着。他举起手来示意自己现在没法讲话，我们便等他的咳嗽平息下来。好一会儿，他才转向我们，擦了擦嘴问我们有什么事。

"史蒂芬·布莱克莫尔先生允许我查看他的房间。他之前说会告知您。"桑戴克说。

"是的，先生，"门卫说，"但他刚刚拿了钥匙去了房间，您穿过旅馆就会在那儿看到他，房间在另一边，三楼的 31 号房。"

我们按他的指示走到那栋房子，底层是一间事务律师办公室，挂着一块很大的黄铜板。尽管现在天色已经黑了，二楼的楼梯却没亮灯。没走两步，我们刚好遇到了更夫。桑戴克停下来对他说："请问，四楼的房客是谁？"

"四楼空了大约三个月了。"那人答道。

"我们要去看三楼的房间，"桑戴克说，"那里很安静吗？"

"很安静！"那个男人大声嚷道，"愿主保佑您，这个地方就像聋哑人的公墓。一楼住着律师，二楼住着建筑师。他们都是早上六点就出门，他们走后这里就空荡荡的。真不知道可怜的布莱克莫尔先生自己每天是如何熬过来的。他一个人住在这里，肯定像没有星期五陪伴的罗宾逊一样，甚至连一只能聊天的山羊都没有。这里安静啊！如果您就想要安静的话，这里真是够安静的了。我可不觉得好。"

他轻蔑地摇了摇头转身下楼了,随着他的脚步声的回声渐渐消失,我们继续上楼。

"看起来,杰弗里·布莱克莫尔那天晚上回家时房子应该是空的。"桑戴克评论说。到了三楼,我们看到一个实心门的门楣上用白漆印着死者的名字,字迹看起来还很新。桑戴克敲了敲门,史蒂芬·布莱克莫尔立刻就开了门。

"你看,得到你的许可后,我们没有浪费丝毫时间就赶来了。"我们进屋时桑戴克说。

"确实如此,"史蒂芬说,"您动作真迅速。我一直在想,您来查看这些房间希望得到什么信息。"

桑戴克亲切地微笑着,无疑是被史蒂芬的话逗乐了,因为史蒂芬的话和刚被他批评过的我的那些言论如此相似。

"布莱克莫尔先生,"他说,"科学家什么都不期望,只保持开放的心态,收集事实。而我更像一个吸收器,脑子里装的都是些别人未考虑到的琐碎证据。当我积累了一些事实后就开始梳理、比较、思考。有时经过比较会发现新的线索,有时不会。但我坚信,在任何情况下,事先决定该寻求什么信息是根本性错误。"

"是啊,我想是这样,"史蒂芬说,"尽管在我看来似乎马奇蒙先生是对的,没什么可调查的了。"

"你在找我之前会这样想的,"桑戴克大笑起来,"现在的情况是,我开始调查这个案件了,而且我会彻头彻尾地查。我会保持开放的思想直到掌握了所有事实。"

我们走进客厅,他环顾了一下四周,接着说:

"这些房间布置精细,很有品位,但用油漆遮盖住所有这些橡木镶板、雕刻的檐口,还有壁炉不太好。想象一下这些雕刻精良的木头裸露在外该是什么样啊,那该多漂亮。"

"但那样会使房间很暗。"史蒂芬说。

"是的,"桑戴克同意道,"我想我们比祖先更喜欢光明,而不是漂亮。但现在,看看这些房间,告诉我,这里和你叔叔住过的老房间感觉一样吗?总体特征一致吗?"

"我感觉不太一样。叔叔在杰明街的老房子和这个不一样。但除此之外,我似乎感觉到还有其他差异,尽管家具还是老房子的家具,但感觉相当奇怪。老房间更舒适、温馨。而现在我感到相当的荒凉、阴郁,我甚至要用肮脏邋遢来形容这些房间了。"

"这就是我所期望的答案,"桑戴克说,"吸食鸦片的习惯会深深改变一个人的性格。不管怎样,除了陈设外,房间本身也可微妙而又明显地反映出居住者的个性,特别是独居者。有没有发现你叔叔以前活动的痕迹?"

"没有很多,"史蒂芬回答说,"但是这个地方可能和他去世时不太一样了。之前我发现桌上有一两本书,我把它们放回书架了,但我没有发现任何他以前的手稿或笔记。我还发现他的墨砚上结着干墨,而他以前向来都一丝不苟,弄得很干净。墨水棒的头都裂了,好像已经有几个月都没用过了。这似乎表明他的习惯发生了很大的变化。"

"他用中国墨水做什么?"桑戴克问。

"他和一些在日本的朋友联系,虽然他们都懂英文,但他过去常用日语写信。这是他用中国墨水的主要用途。他过去也常誊写这些东西上的铭文。"史蒂芬从壁炉架上举起一个东西,看上去就像发硬的面包,实际上那是一块表面上刻着小锯齿状文字的黏土片。

"您叔叔认识楔形文字?"

"是的,他还是位专家呢。这些黏土片上的文字大概与租约有关,剩余的黏土片可能是埃里都和巴比伦其他城市的法律文件。他过去常誊写上面的楔形文字,然后将它们翻译成英文。抱歉,我今天晚上有约,现在得走了。我只是顺便来取他曾建议我读的两卷本《桑顿的巴比伦史》。我把钥匙给您吧。您拿着,走的时候交给门卫就行了。"

他与我们握手告别,我们送他到楼梯口,看着他下了楼。在楼梯间,借着煤气灯光,我发现桑戴克冷漠的脸上有了一丝几乎无法察觉的变化,那种变化表明他心里有种愉悦或满足感。

"您看起来很高兴嘛。"我说。

"我没有不高兴啊,"他平静地答道,"我已经捡到了几块面包屑,虽然很小很小,但也是面包屑。毫无疑问,你这位学术达人也拾到几块了吧?"

我摇了摇头,觉得自己真是有点笨。"我没从史蒂芬的话中察觉到任何东西,哪怕一丁点儿,"我说,"他讲得非常有趣,但似乎与他叔叔的遗嘱没有任何关系。"

"我不仅仅指史蒂芬告诉我们的,虽然像你说的一样,内容非常有趣。他讲的同时,我环顾了这个房间,看见一样很奇怪的东西。来,我指给你看。"

他拉着我走回房间,停在壁炉对面。

"你看那儿,"他说,"那个东西最显眼了。"

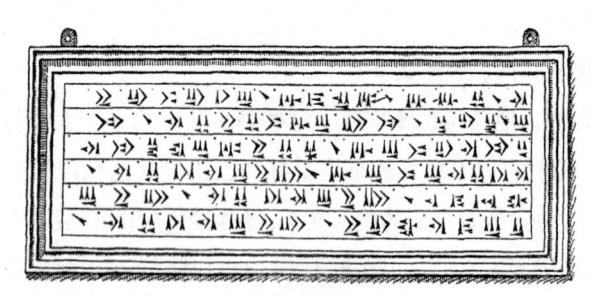

倒置铭文

我顺着他的目光看去,只见一个长方形的框架中裱着一幅大照片,照片上是神秘古怪的箭头形文字。我默默看了一会儿,有点失望地说:

"我看不出有什么明显的特别之处。我承认,在其他普通房间里它可能会显得突出,但史蒂芬刚刚告诉我们,他叔叔是楔形文字专家。"

"正是。"桑戴克说,"我就是那个意思,那正是它如此引人注目的原因。"

"我一点都不明白你的意思,"我说,"一个人把一幅他读得懂的铭文挂在墙上似乎并不奇怪啊。如果他挂了一张不认识的铭文才会显得更怪异。"

"毫无疑问，"桑戴克回答说，"但你会同意我的观点，如果一个人把一张他读得懂的铭文倒挂在墙上，你不觉得很怪异吗？"

我惊讶地看着桑戴克。

"您是说，"我大叫道，"那张照片是倒置的？"

"确实。"他回答道。

"但您是怎么知道的？难道我们这还有一位东方学者吗？"

桑戴克笑着说："有个傻瓜曾说'一知半解是危险的'。确实拥有很多知识有时是危险的，但我觉得总比没有知识要好。我曾为一个相关的案件阅读过奇妙的楔形文字破译史，很有意思。我偶然想起了一两个重要细节。这个特别的铭文是波斯语楔形文字，比巴比伦或亚述楔形文字更简单、形式更直白。事实上，我怀疑这是波斯波利斯门上面的铭文，先要破译它，这样便可以解释它镶在这里的原因了。你看，现在这幅铭文包含两种文字，一种楔形文字是小小的、实心的、尖头字；另一种是箭头文字，大大的、比较圆润，像个箭头。叫楔形或箭头文字都不很恰当，因为这两种文字的形式都是楔形，都像箭头。楔形文字像我们自己的文字一样，从左至右横向书写，不同于犹太语和古希腊语。楔形文字的规律是所有的楔行头都指向右或下方，箭头也是指向右。但是，从这张照片可以发现所有的楔行头都指向左或上方，箭头指向左。显然，照片是颠倒的。"

"太神秘了。您怎么解释呢？"我说。

"我想我们可能从相框的背面得到些提示，咱们来看看。"桑戴克答道。

他从两根钉子上将挂着的框架取下，翻过来看照片的背面，然后交给我看。背面的纸上贴着一张标签，上面印着"J. 巴奇，相框制造商和镀金工，西中央区安妮大街 16 号"。

"怎么了？"我问道，读了标签后我并没有发现任何新线索。

"你看，标签的方向是对的，是正着贴的。"

"果然。"我急忙表示认同，我居然没有发现如此明显的事实，这让我自己有点懊恼。"我明白您的意思了。您是指相框制造商把照片镶反了，而杰弗里却从没注意到？"

"这个解释很对，"桑戴克说，"但我想这背后还隐藏着更深的秘密。你看，这个标签是旧的，从这脏兮兮的样子来看肯定已经有些年头了，而两个镜板相比而言较新。不过这一点我们很快就可以弄清楚，因为标签显然是相框刚做好时就贴上的，如果镜板也是那个时候装进去的，那么镜板后面的木头肯定是崭新干净的。"

他从口袋里掏出一把多功能组合小刀，小刀中除了含有其他工具外，还有一把小螺丝刀。他小心翼翼地用螺丝刀从黄铜镜板中取出螺钉，相框就是靠这块铜板用钉子挂在墙上的。

"你看，"他卸下铜板后把照片拿到煤气灯边说，"铜板后的木头和框架的其余部分一样脏、一样旧，说明铜板是最近才装上的。"

"从中能推断出什么？"

"嗯，既然铜板上没有其他痕迹，框架上也没有其他可以挂在墙上的圆环，由此完全可以推断出这个照片之前从来没有被挂起来过。"

"对的。可那又怎样呢？这又能得出什么结论呢？"

桑戴克陷入沉思，我接着说：

"显然，这张照片对您来说更有意义，我从中想不出什么线索。我想听您分析一下它和这个案件的联系。"

"它是否与这案子有关，"桑戴克回答说，"我目前不能说。之前跟你讲过，我已经提出了一两个假设来说明或解释杰弗里·布莱克莫尔的遗嘱，可以说，这张照片奇怪的倒置与我的假设非常吻合。此外，我不会再多说了，因为我觉得让你独立分析解决这件案子会对你更好。你已经掌握了这个案件所有的相关资料，你还可以复印一份我记录的马奇蒙对此案的陈述。有了这些材料，你应该能够得出一些结论。当然，咱们两个可能都破不了案——目前看来并没有很大希望——但无论如何，我们事后可以比较一下笔记，你就会有更丰富的实际调查经验了。但开始我会给你一点提示：你和马奇蒙似乎都没有了解到这宗案子的特殊性。"

"我觉得马奇蒙也认为这份遗嘱很怪。"

"是的，"桑戴克表示同意，"但那不是我的意思。所有情况放到一起，互相联系起来，给了我一种很特别的感觉，这就是为什么我会如此关注这样一起乍看起来很不起眼的案件。杰维斯，去复印我的笔记，仔细研究那些事实。我想你会明白我的意思，现在咱们继续吧。"

他放回黄铜板，重新拧好螺丝，挂上框架，继续慢慢地检查整个房间，时不时地停下来查看墙上的装饰物：日本彩印、装裱的建筑物照片以及与考古学相关的其他物件。他指着日本彩印，"这些东西都有价值，"他说，"这是喜多川歌麿的作品，那个上面带着标记的小圈就是他的签名。你看，这纸上有些地方生了霉斑，这点与案件有关，值得注意。"

我在心里记了下来，然后我们继续查看。

"你看，杰弗里使用的是煤气炉，而不是碳火，毫无疑问是为了省事，但也许是出于其他原因。他应该是用煤气做饭，咱们来看看。"

我们走进像个小橱柜一样的厨房，四处瞥了一圈。架子上仅有一个环形管喷燃器、一只水壶、一个煎锅和几件餐具，就这些物件。显然，门卫对杰弗里的生活习惯描述是对的。

回到客厅，桑戴克又开始查看，他拉出桌子的抽屉，仔细凝视着橱柜，快速地看着这个不舒适的房间里为数极少的每一件东西。

"我从来没有见过如此毫无特色的公寓，"最后他说道，"似乎没有什么暗示主人的任何习惯性活动。咱们去看看卧室。"

我们穿过客厅，走进悲剧发生的地方。桑戴克点燃煤气灯，我们静静地站着，环顾这间卧室。这是一个不加装饰、毫不舒适的房间，肮脏邋遢，无人打扫。床铺在他死后似乎没有重新整理过，因为尸体的压痕还在，甚至破旧的床单上还有一点烟灰。整个房间看起来像一个典型的吸食鸦片者的卧室。

"嗯，"桑戴克终于开口，"这一切说明杰弗里·布莱克莫尔似乎是一个几乎没有需求的人。很难想象一个人居然可以如此不注重卧室的舒适度。"

他仔细环顾着房间继续说："估计注射器和其他致命的器具、药品都已被拿走了，可能分析师还没有送回来。但鸦片烟枪、罐子、烟灰缸还在。我想那些是从死者身上脱下来的衣服吧，咱们查看一下怎么样？"

他拿起胡乱叠放在椅子上的衣服，逐件拎起。

"这是裤子，"他把裤子铺在床上说，"大腿中间这里有一个小白点，看起来像是一滴溶液形成的结晶。点亮灯，杰维斯，用放大镜仔细检查一下。"

我点燃灯，经仔细检查那个小点后，我们确定那是一小块晶体，桑戴克问：

"你觉得那些褶皱是怎么回事？你看，每条腿上都有一条。"

"看起来裤子好像被挽起来过，肯定挽了有七英寸。可怜的杰弗里都不计形象了，那些褶子都刚好在袜子上面。但也可能是他们从尸体身上脱下裤子时弄的。"

"有可能，"桑戴克说，"虽然我不太清楚发生了什么，但我发现他的口袋似乎已经被掏空了。不，等一下，马甲口袋里有东西。"

他抽出一张破旧的猪皮名片盒和一个铅笔头，饶有兴趣地看着那支铅笔头。在我看来那么常见的东西根本不值得那样细看。

"你看，"他说，"名片是打印的，而非复印的。这点需要注意。告诉我你能想到什么？"

他把铅笔递给我，我借助灯和口袋里的放大镜全神贯注地查看。但即使这样我也没有发现任何不寻常。桑戴克一脸坏笑看着我，我查看完后他问道："发现了什么？"

"你耍我！"我大声嚷道，"这是一支铅笔，傻瓜都看得出来。我这个特大号傻瓜再看不出什么特殊之处了。这是个被削得歪七八糟的破铅笔头。笔杆上是暗红色的漆，上面印着一个名字，是 C 开头的，C-O——也许是联合商店这个词。"

"亲爱的杰维斯，"桑戴克反对道，"不要一开始就胡乱猜测。上面的字母是 C-O，记住它，并找出什么铅笔上印有这些字母开头的文字。我不会帮你，因为这个你自己很容易就能做到。即使事实毫无意义，这也会让你严格要求自己，养成好习惯。"

这时，他突然退后，俯视着地板说：

"把灯给我，杰维斯，我踩到了块好像玻璃一样的东西。"

我把灯拿到床边他所站的地方，我们两个跪在地上，灯光照着光秃秃、尘土飞扬的地板。床下，就在人脚紧贴床站的位置有一小块玻璃碎片。桑戴克从口袋里拿出一张纸小心翼翼地把它扫到纸上，说："看样子，我不是第一个踩到它的人了。你可以举着灯让我来仔细检查一下吗？"

我把灯举在那张纸上方，他用放大镜仔细检查那一小堆玻璃。

"嗯，"我问，"你发现了什么？"

"我也纳闷呢，"他回答说，"据这些碎片的外观判断，它们看起来像是手表玻璃上的一部分。希望会有些更大的碎片。"

"也许有，"我说，"咱们看看床下的地板。"

我们又俯身搜索起肮脏的地板，一块一块地用灯去照。正当我们四处照时，灯光落在了一个小玻璃珠上，我立即拾起给桑戴克看。

"这是你想找的吗？"我问。

桑戴克拿起小珠，好奇地仔细看着。

他说："在杰弗里这样老学者的卧室里居然会找到这样的东西肯定很奇怪，特别是我们都知道他没有雇用女人打扫房间。当然，它可能是上一位租客的遗物。咱们看看还有没有。"

我们在床下爬着，用灯照射整块地板，重新搜查起来。结果又发现了三个玻璃珠、一个完好的珠子和另一个明显被踩过的破碎的珠子。桑戴克把所有这些，包括被踩过的珠子碎片，都小心放在纸上，然后把纸放在梳妆台上以便更方便检查。

"很遗憾，"他说，"没有更多的手表玻璃或其他东西的碎片了。其他碎片显然被拾起来了，除了我踩到的那片，它肯定是唯一一块遗漏的。根据那些玻璃珠的数量和位置来判断，比如那个破碎的珠子，这些东西肯定是在杰弗里租住后才掉落的，可能就在最近才掉落的。"

"您猜这些珠子是什么样的衣服上的？"我问。

"可能是串珠面纱或裙子配饰上的，但我感觉这些不是普通的玻璃珠。这些珠子的颜色很不寻常。"

"我觉得这些珠子看起来像是黑色的。"

"在灯光下是黑色的，但我认为在日光下应是深红棕色。你从那块小碎片就可以看出颜色。"

他把他的放大镜递给我,确实如他所说。他从口袋里掏出一个盖得紧紧的小金属盒,把那张纸折成一个小包放了进去。

"一会儿把铅笔也放进去,"他说。他把盒子放回口袋时补充了一句,"你最好从博尔顿那里买一个这样的小盒子,要是遇到了细小易碎的东西,这样一个保险盒很有用。"

他把死者的衣服叠好放回原处,然后观察着墙边的一双鞋子。他拿起来仔细地看,特别关注鞋底后部和鞋跟前部。

"可以推测,"他说,"这是可怜的杰弗里在他死亡的那晚穿的鞋子。没有可能是其他人的。他似乎是一个走路相当注重干净的人,我记得很清楚,那天街道相当脏。你见到拖鞋了吗?我没有发现。"

他打开一个柜子查看里面,那里有一件外套,上方的钉子上挂着一顶毡帽,乍一看就像那位瘦弱的自杀者。他仔细查看了所有角落和客厅,没有发现拖鞋。

"这位朋友似乎不怎么考虑舒适度,"桑戴克说,"想象一下在寒冷的冬夜穿着潮湿的靴子在煤气炉边取暖!"

"或许鸦片烟枪可以解决那个问题,"我说,"或者他可能早早就上床睡了。"

"不可能,夜班的门卫常看到他的房间在凌晨一点还亮着灯,客厅的灯也亮着。但他似乎一直习惯在床上读书,或许是吸烟,因为这里有个烛台,里面还剩着好多蜡烛。房间里有煤气灯,不明白他为什么用蜡烛。他使用硬脂蜡,这是一种不常见的石蜡。

我不知道他为什么那么破费。"

"也许普通石蜡的气味会破坏鸦片的香气。"我提议说。桑戴克没有回答,而是继续检查房间,他拉出盥洗台的抽屉,里面只有一个破旧的指甲刷,他甚至从皂碟里拾起干裂了的香皂来检查。

桑戴克又查看他的衣柜抽屉,说:"虽然他有很多衣服,但看起来他并不经常换衣服,他的衬衫看起来都发黄,褪色很严重。我想知道他是如何洗衣服的。这抽屉里几双靴子和衣服竟然放在一起!还有他储备的蜡烛。这个硬脂蜡烛盒真够大的,虽然几乎已经空了,但至少可以放六磅。"

他关上抽屉,仔细审视了一圈房间。

"我想我们已经看到了所有,杰维斯,"他说,"你还有什么想看的吗?"

"没有了,"我回答说,"我已经看到了所有我想看到的和不想看到的,我们可以走了。"

我把灯吹灭放进大衣口袋,然后关掉房间里的煤气灯,一起离开房间。

走近小屋时,我们发现那个粗壮的门卫正在跟夜班门卫换岗。桑戴克把房间的钥匙递给他,关切地询问了他的健康,他的身体确实不太好,然后说:

"您是布莱克莫尔先生的遗嘱见证人之一,对吧?"

"是的,先生。"门卫回答说。

"在他签字前,您从头到尾读过他的遗嘱,对吗?"

"是的，先生。"

"您是大声读出来的吗？"

"大声读？先生，上帝保佑，没有，先生，为什么我要大声读呢？另一个证人读过。布莱克莫尔先生清楚文件的内容，因为那是他亲手写的。我为什么要大声读出来呢？"

"对，您不需要。我一直纳闷布莱克莫尔先生是如何洗衣服的。"

门卫显然对这个问题有些不满，因为他只哼了一声作为回答。实际上，他问的这个问题确实很怪。

"您为他洗吗？"桑戴克追问道。

"不，当然不是，先生，他自己洗。洗衣工常把洗衣篮拿到小屋来，布莱克莫尔先生常在碰巧路过时把篮子拿进房间。"

"这么说，不是送到他房间？"

"不，布莱克莫尔先生是一位非常勤奋好学的绅士，他不喜欢被打扰。一位好学的绅士自然不喜欢被打扰。"

桑戴克和蔼地表示认同，同门卫道了声"晚安"。我们通过大门出去，进入威奇街，然后转向东朝律师学院走。我们两个都沉默着，各自思考着。桑戴克在想什么我不知道，虽然毫无疑问他正在忙着拼凑今晚所见到和听到的一切，并在考虑手头这个案件的可行性。

至于我，脑子乱成一团。所有这些搜索和查看似乎都无用。那份遗嘱显然是完全正常有效的，这事应该到此为止，至少我是这么看的。但桑戴克显然不这样想，他的调查肯定不是毫无目的的。我走在他身边，一幕一幕回忆起他的行为，试图猜测他的一些行动目的，越发感到迷惑不解，但更让人困惑不解的是他刚刚问的那些奇怪问题，让门卫也感到云里雾里。

第八章 路线图

我和桑戴克到达律师学院大门口时,他转进狭窄的小巷,我突然想起自己今晚还不知道在哪儿住宿呢。一件接一件的事情一直吸引着我的注意力,以至于我完全忘了自己的事。

"我们好像在朝您的房间走,桑戴克,"我斗胆说,"现在有点晚了,可我还没有解决今晚的住处。"

"亲爱的同事,"他回答说,"你当然要去你自己的卧室睡啊,自从你离开后它就一直在等你回来。你今天刚到,博尔顿就上楼检查过了。我想你会把我这里当成自己的住所,直到你成家立业,有一个自己的家。"

"您太慷慨了,"我说,"您之前可没说过提供的工作还包括住宿啊。"

"也包括其他房间和公共区域。"桑戴克说。

当我提出自己至少应该承担生活费时,他便立刻不耐烦地拒绝了,我们到达房间时还在为此争论不休。不过,当我从口袋里拿出小灯放到桌上,新的话题就来了。

"啊,我想起来了。"我的同事说,"把灯它放在壁炉架上,博尔顿会来收走。把你在肯宁顿荒野冒险的新进展完整地给我叙述一遍。那事很怪，我一直想知道故事的结局。"

他把我们两个的扶手椅拉近炉火，添了些煤，把烟草罐放在离椅子很近的桌上，坐下来，那样子就好像等着去聆听一件有趣的事。

我装好烟斗，接着上次的叙述，继续讲之后的经历。但他很快就打断了我。

"不要粗略地讲，杰维斯。粗略地讲会让人模糊不清。要细节，我的孩子，细节才是灵感的灵魂。要把所有的事实都讲出来，之后才能整理。"

于是，我重新开始讲述，把事情的脉络讲得极为详尽。我详细地叙述每一件琐事，从近乎遗忘了一半的记忆中努力搜刮细节，苦苦思索着那些似乎毫不相干、微不足道的细节。我把马车的里里外外都逼真地画成一张图，马和马具也栩栩如生，我惊讶于自己之前竟然注意到如此多的细节。我描述了餐厅的家具和天花板上悬着的蜘蛛网，五斗橱抽屉里的拍卖票、摇摇晃晃的桌子和老旧的椅子。我讲了病人每分钟的呼吸次数和每次喝咖啡的确切量，而且还详尽地描述了那只咖啡杯。我不放过对每个人每个细节的描述，从病人的指甲到韦斯先生鼻子上的粉红色疙瘩。

我试图用无尽的细节使桑戴克的脑子疲惫，但我冗长的细节描述战术完全失败。他淡定地享受着，消化了我所有的叙述，并且还让我再多讲一些。最后，连我都觉得自己已经有点烦人时，他开始通读自己的笔记，并快速提些问题以引出新发现！最令人惊讶的是，我讲完后，似乎发现自己比以前更了解这个案件了。

盘问结束后，我感觉自己有点像刚从液压机上取下来的苹果酒。

"这是一个非常值得注意的案件，"他说，"一件非常可疑的事却以非常令人不满的结局结束了。我不能完全同意警察的做法，我觉得我警察署的朋友也不会同意他的做法。"

"您认为我应该采取进一步措施吗？"我不安地问。

"没必要，我想不出来你还能采取什么措施。在那种情况下，你已尽力，而且已提供了一个人能提供的全部信息，尤其是对一位过度劳累的医生而言。但每一位好公民都要关注犯罪事件，我认为应该采取一些行动。"

"您觉得这的确是件犯罪行为？"

"还能怎么想？你自己怎么认为？"

"我不想考虑这件事，但自从我离开那所房子以来，阴郁的卧室里如同死尸般的那个人一直萦绕在我的脑海里。您怎么看？"

桑戴克沉默了一会儿。然后，他严肃地说：

"恐怕，杰维斯，那个问题可以用一个词来回答。"

"谋杀？"我颤栗地问道。

他点点头，我们都陷入了沉默。

"在我看来，"他停顿了一下接着说，"格雷夫斯先生此刻还活着的概率极小。谋杀他显然是一场阴谋，对受害者蓄意、持久的行为表明一个非常强烈且明确的动机。他们采取的手段说明这是一场深思熟虑的阴谋，并非愚蠢无知之人的策略。那辆封闭的马车可谓是策略失误，反而引起了怀疑，但他们的失误给我们带来了好处。"

"是什么？"

"嗯，考虑一下这样的情形。假设韦斯先生用正常的方式请你去，你仍然会检测到中毒，但你会知道那个男人的位置，并向邻居打探他。你会向警察报案，他们会采取行动，因为他们有办法识别当事人的身份，结果就会将韦斯先生置于死地。封闭的马车虽引起了怀疑，但它是一个巨大的保障。韦斯的方法虽说还是不太周全保险，但他是一个谨慎、狡猾且非常固执的人。他有时很大胆，使用全封闭马车就是一个大胆的举动。我应该把他定义为一个非常谨慎、大胆、机智的赌徒。"

"这才有可能让他精心设计计划并取得成功。"

"恐怕确实如此。不过，你带指南针装置的记录了吗？"

"笔记本和木板都在我的大衣口袋里，我这就去取。"

大衣挂在办公室，我走进去取回笔记本和小木板，小木板上仍然挂着橡皮筋。桑戴克从我手中接过，打开笔记本迅速翻看起来。突然，他抬起头盯着时钟。

"现在着手干有点晚了，"他说，"但这些笔记看起来相当诱人，我想立刻就把路线图绘制出来。看起来，不难定位房子的位置。但如果你累了，我可以自己干，不想让你熬夜。"

"那怎么行？"我嚷道，"我也想绘制线路图，而且我想看看你是如何绘制的，能把它绘制出来应当很有成就感。"

"是的，"桑戴克说，"在我们的工作中，绘制一个粗略但可靠的草图通常很有价值。你仔细看过这些笔记吗？"

"没有，我回来后就把它收起来了，再没看过。"

"这份笔记很奇特。你似乎总在铁路、桥梁附近，而且你当时也注意到了，走的路弯弯曲曲。不过，我们把它绘制出来，看看它到底什么样，到底通往何处。"

他回到实验室，带回一把丁字尺、一个军用量角器、一个两脚规和一块大的绘图板，上面钉着一张绘画纸。

"现在，"他坐在桌边，摆好绘图板，"至于方法，你从一个已知的位置开始，到达一个目前未知的地方。我们用两个因素来确定那个点——你行进的距离和方向。方向由指南针给出，马基本上是匀速前进，所以我们可以用时间表示距离。你大约以每小时八英里的速度行进，也就是大约每分钟七分之一英里。如果在图上用一英寸表示一分钟，那么七英寸就相当于一英里。"

"听起来与实际距离不完全吻合。"我反对道。

"确实不吻合，但没关系。我们有一些地标，比如说你记下的铁路拱门，绘制出路线图后可以根据地标来确定实际位置。你最好读出所有条目，并在每一条后相应标上一个数字作为参考，这样我们就不用在图上写出具体细节而把图标乱了。我从木板中间开始画，因为我们都完全不清楚大致方向。"

我把翻开的笔记本放在面前，读出第一条：

"8:58　西偏南　从家出发　马高 1.3 米。"

"你立刻转弯了，我知道，"桑戴克说，"所以在这个方向上不用画线。下一条是？"

"8:58，30 秒后，东偏北；下一条是 8:59　东偏北。"

"然后你向东偏北方向走了大约十五分之一英里，我们在图上画半英寸。然后你转向北偏东，走了多久？"

"正好一分钟。下一条是 9:00　西北偏西。"

"然后你沿着东北方向走了七分之一英里，我们在南北经线的右侧四十五度角方向画一英寸长的线。接着它的末端，在南北经线右侧与之成五十六度角画一条线，在南北经线的左侧十五度角方向再画一条线，等等。这种方法很简单，你看。"

"完美，我现在很清楚了。"

我回到椅子上继续读出笔记本上的记录，桑戴克同时用两脚规从仪器背面的等比例尺上得出距离，然后用量角器画出方向线。随着工作的进行，我注意到，桑戴克那张专注认真的脸上不时现出一丝安静的喜悦，每遇到铁路桥他都轻轻地笑笑。

"什么？又是桥！"他笑着说，因为我记录了五六次通过桥的经历。"这就像一个槌球游戏。下一条是什么？"

我继续读，直到最后一条：

"9:24　南偏东　树木遮蔽的路。车停下，大门紧闭。"

桑戴克略掉了最后一行，说："那条树木遮蔽的路是在一条东北走向街的南侧。路线图完成了。看看你的路线，杰维斯。"

他憋不住笑地举起木板，我惊讶地看着路线图。代表马车路线的线条，以最惊人的方式走着"之"字，转弯，掉头，反反复复地来回走，显然是不止一次沿着相同的路走，并且最终在离起点不远的地方停了下来。

"怎么会！"我大声说，"那个无赖肯定就住在斯蒂尔布里的房子附近啊！"

桑戴克用两脚规测量了路线的起点和终点之间的距离，从标尺中读出数据。

"大概八分之五英里，"他说，"步行十分钟之内就能到。咱们现在拿出军用地图，看看是否能找出每一条古怪的线指的是当地的哪个住宅区，名字是什么。"

他在桌子上铺开地图，把路线图放在地图旁边。

"我想，"他说，"你是从下肯宁顿街出发的？"

"是的，从这点。"我用铅笔指着地图上的点说。

"然后，"桑戴克说，"如果我们将图旋转二十度来纠正指南针的偏差，便可以把它和军用地图进行比较。"

他用量角器找出与南北经线所成的二十度角，然后将路线图旋转到那里。仔细查看地图和路线图，互相比较后，他说：

"通过简单的查看似乎很容易找出与路线图对应的大街。仔细看目的地附近的区域。九点二十一分你通过桥下，向西走，那似乎是格拉斯豪斯街。然后向南转，显然是沿着阿尔伯特路堤走，你在那里听到了拖船的口哨声。然后你听到左侧有一列旅客列车启动，那是沃克斯豪尔车站。接着你向东转，从一座铁路桥下走过，这表明是上肯宁顿街火车站的桥。如果是这样，那所房子就应该在上肯宁顿街的南侧，距离桥大约三百码。我们可以再测量一两遍验证我们的推论。"

"你不知道路线图的确切比例怎么做？"

"我演示给你看，"桑戴克说，"咱们把真正的比例确定下来，就可以找到部分证据。"

他迅速在纸上部的空白部分建起一个比例图，由两条相交的线和一条串线组成。"这条长线，"他解释说，"是图中所示从斯蒂尔布里的房子到沃克斯豪尔铁路桥的距离，这条较短的串线所代表的距离与军用地图所使用的比例相同。如果我们的推断正确，路线图也相当准确，所有其他距离也是采用相同的比例。咱们来试一下。以沃克斯豪尔桥到格拉斯豪斯街桥的距离为例。"

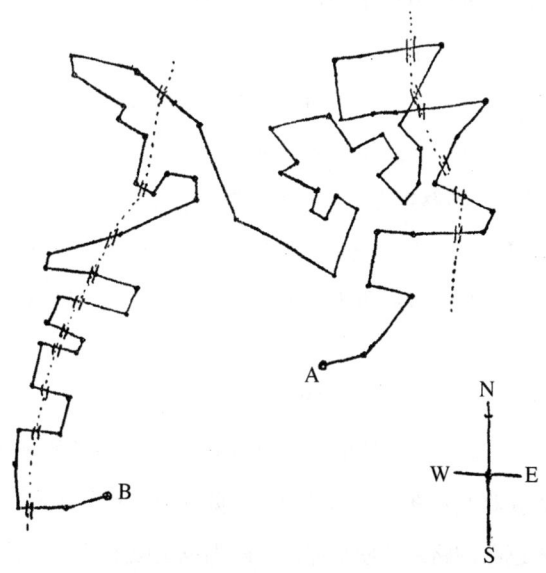

乘坐韦斯先生马车所走的路线图

A. 下肯宁顿街的起点。

B. 韦斯先生房子的位置。连接桥梁的虚线可能是铁路线。

他仔细地测量了两次,只见两脚规的点几乎精准地落在图上的同一位置,他抬起头看着我。

"虽然制作图表的方法有些粗糙,但已经有足够的说服力了。如果看看你通过的各种拱门,看看他们是多么有序地顺着西南铁路线排开,就几乎能明白一切了。在到现场去验证我们的结论之前,我将通过科学方法多测量几遍,以确保我们的结论正确。"

他又取了一两个距离,并将它们与军用地图上的比例距离进行比较,发现与预期一样,结果都一致。

"好了,"桑戴克放下两脚规说,"我想我们已经把韦斯先生的住宅位置缩小到了一条已知街道的几码内。我们要从你在九点二十三分至九点三十分之间的记录进一步寻求线索,在那期间马车走的是一条新铺的通往房子的碎石路。"

"那条新碎石路现在应该已经被踏平整了。"我说道。

"不会完全平整,"桑戴克回答说,"那不过是一个月多一点前的事,而且自那以后很少下雨。它可能平整了,但还是很容易和老路区分开。"

"您是建议去那里搜所那片街区吗?"

"毫无疑问。也就是说,我打算确定那所房子的具体地址,我认为现在将是件非常容易的事了,除非我们运气不好,找到好几条树木遮蔽的路。即便是那样,困难也是微不足道的。"

"如果您确定韦斯先生就住在那里,下一步该怎么办?"

"那要取决于具体情况。我想可能会去警察署与我的好友米勒先生谈谈。他们若出于某种原因不愿接手,我们自己调查这个案件更好。"

"什么时候动身去探险？"

桑戴克考虑了一下，拿出他的口袋书，翻了翻工作安排。

"看来，"他说，"明天我很清闲。明天上午可以去，这样不耽误其他事情。我建议早餐后立即出发。我博学的朋友，你看如何？"

"我的时间就是您的时间，"我回答说，"一切听从您的安排。"

"那么我们就定在明天上午，或者更确切地说，是今天上午，因为现在已经过十二点了。"

说完，桑戴克收起路线图和仪器，我们便分开去睡了。

第九章　神秘的宅子

次日上午九点半,我们乘着马车沿阿尔伯特路堤转,马铃声很是让人心情愉快。桑戴克抽着烟斗与我交谈不多,但他看起来精神饱满。他在出发前把我的笔记本装在了口袋里以备不时之需,路上偶尔掏出来翻看一下,但他一路上对我们此行只字未提,他少得可怜的几句话表明他心里在想事情。

我们在沃克斯豪尔站下车,立即直奔上肯宁顿街与哈利福德路交汇处附近的桥。

"这里便是我们的起点,"桑戴克说,"这里距那所房子大约三百码——也就是四百二十步——距新铺的碎石路约二百步。现在,准备好了吗?要保持步伐就得平均步幅。"

我们两个像迈军步一样一起匀速前行,边走边大声数着步数。数到第一百九十四步时,只见桑戴克点头示意前面那条路,我们走近时他仔细地观察着,从规整的浅色路面可以很容易看出那路是新铺的。

我们数完四百二十步时停了下来,桑戴克带着一脸胜利的微笑冲我说:

"估算的不错啊,杰维斯,如果我没有出大差错的话,前面就应该是那所房子,这里没有别的小街或私家小路了。"

他指着前面十几码处的一个狭窄的弯道说。那显然是一个小院的入口,而且院门口有一扇紧闭的巨大木门。

"没错,"我回答说,"毫无疑问就是这里了,可是,哎呀!"当我走近时,我说,"看到了吗?这里没人!"

我指着大门上贴着的告示,上面写着"出租"两个字。

"即使不是完全出乎意料,也是表明案子有了惊人的新进展。"我们两个站在那里,盯着告示,告示上具体写着**此处房产,包括车库和工作间,招租或以其他方式转让**,并标明详询莱鲍迪先生兄弟房屋中介与评估处,地址是上肯宁顿街。

"问题是我们应该去询问代理商呢,还是拿到钥匙进房子先看看呢?如果莱鲍迪先生兄弟相信我们并愿意给我们钥匙的话,我两者都想做,而且要先进去看看。"

我们前往告示上的地址,一进办公室,桑戴克便提出看房的要求。这让中介处的职员有点儿吃惊,因为桑戴克怎么看都让人感觉他不是跟车库和工作室打交道的那类人。然而,要求看房这并不是什么难事,店员从一大串钥匙中找出那所房子的钥匙,说:

"我想您见了会觉得那地方相当脏乱。房子还没打扫,代理商只是拉走了家具。"

"前任租客变卖财产了吗?"桑戴克问。

"哦,没有。他离开得相当意外,是因为不得不回德国处理生意上的事。"

"但愿他付清房租了。"桑戴克说。

"哦,付清了,请放心。我得说韦斯先生,前任租客他叫这个名字,他可真有点手段。虽然他总是用纸币付款,但他似乎很有钱。我想他在英国这儿没有银行账户,他到这儿还不足六七个月呢。我猜他在英国没什么认识的人,因为他第一次来时就用现金支付了押金,而且没有介绍信。"

"您刚刚说他叫韦斯,不会是 H. 韦斯吧?"

"我想是的,等我查一下,马上就能告诉您。"他拉开抽屉,查阅起一个看似收据簿的本子。"是的,是 H. 韦斯。您认识他吗,先生?"

"几年前我认识一位 H. 韦斯先生,我记得他来自不来梅①。"

"这位韦斯先生是回汉堡了。"那位职员说。

"啊,"桑戴克说,"那可能不是同一个人。我认识的那位皮肤白皙、蓄着胡子,长了个明显的红鼻子,还戴着眼镜。"

"就是他,您描述得一点没错。"那位职员显然对桑戴克的描述很满意。

"天呐,"桑戴克说,"世界可真小啊!您有他在汉堡的地址吗?"

"没有,"职员说,"我们已经交接完毕了,虽然那房子还没有转手,但我们已经拿到了租金。韦斯先生的管家还有前门的钥匙,她最近一周左右不会动身回汉堡,她有钥匙,就可以每天去

---

① 位于德国北部的城市。

看看有没有什么信件。"

"事实上，"桑戴克说，"我在想那个管家是否也还是同一个人。"

"那位女士是个德国人，"职员答道，"她的名字很拗口，发音像是莎莉邦。"

"莎莉巴姆。就是她，皮肤白皙，眉毛秃秃的，左眼斜视。"

"这就怪了，先生，"职员说，"虽然名字相同，而且我也记得那女人皮肤白皙，眉毛少得很，不过应该不是同一个人。我只见过她几次，仅仅一分钟左右，但我确定她不斜视。所以，你看，先生，应该不是同一个人。人可以染发、戴假发，或化妆，但斜视就是斜视，斜视是没有假的。"

桑戴克轻声笑了，说："我想应该不是，除非也许有人会发明一只可校正的玻璃眼。这些是那房子的钥匙吗？"

"是的，先生，大的是前门钥匙，另一把是侧门的钥匙。莎莉邦有前门的钥匙。"

桑戴克说了声："谢谢。"那些钥匙上带着一个木标签，桑戴克拿着钥匙，我们两人一边讨论着职员的话一边朝那所神秘的房子走去。

"真是个健谈的年轻人，"桑戴克说，"他似乎很高兴通过一点交谈来缓和单调无聊的办公室工作，我肯定我很乐意让他尽情畅谈。"

"他没有什么可讲的，千篇一律。"我说。

桑戴克惊讶地看着我，说："我不晓得你能讲什么，杰维斯，除非你期望陌生人能为你提供现成的死尸证据，归类完备，并给你讲述所有推论和暗示。在我看来，这个年轻人为我们提供了极大的帮助。"

"您从他那里得到了什么信息？"我问。

"哦，拜托，杰维斯，"他表示反对，"在目前的情况下，那样问公平吗？不过我要讲几点。我们从他那儿得知大约六七个月前韦斯先生从天而降来到肯宁顿街，而且现在他又突然从肯宁顿街回到未知处了。这条信息很有用。然后我们得知莎莉巴姆太太还留在英国。这若不表明一个非常有趣的推论，那就没有什么重要性了。"

"什么推论？"

"我必须让你自己在闲暇时去想想，但你会发现她留下来善后的原因很明显。她在他们的戒备中起到衔接溜缝的作用。他们当中之一不小心把这个地址给了某个通信者——可能是个外国通信者。现在，因为他们显然都不希望留下任何蛛丝马迹，所以不想把新地址留给邮局，因为邮局会转发信件。另一方面，信箱里的信件可能使他们被追踪到。此外，他们可能不希望信件落入外人之手。除非有某些特殊情况，不然他们是不会把地址告知他人的。"

"对，我认为他们不会。如果他们确实在这所房子里有犯罪行为。"

"正是。而且从那位年轻职员的话里可能得知另一条信息。"

"什么？"

"对于不希望自己身份被识破的人而言，可控的斜视是非常有用的。"

"对啊，我没想到。那个职员似乎认为她绝对不是斜视。"

"大多数人也会那样认为，特别是她那样的斜视。我们大家都可以向自己的鼻尖对眼斜视，但正常人做不到将眼睛向外斜视。在我看来，表现出斜视或不斜视绝对是为了隐藏身份。咱们到了。"

他用钥匙打开大门，我们一走进那条树木荫蔽的路，他就从里面把门反锁了。

"你怎么把咱们反锁在里面了？"我见他将门上了门闩，问道。

"因为，"他回答说，"如果我们现在听到房子里有任何人在，就能知道是谁了。除了我们之外只有一个人有钥匙。"

他的话令我有点毛骨悚然，我站住看着他。

"这很怪啊，桑戴克，我可没有想过。她怎么可能真的趁咱俩在的时候来这儿呢？但也说不定她有可能正在房子里呢。"

"但愿不会，"他说，"我们并非特别想让韦斯先生戒备起来，因为我认为，他在任何情况下都相当机警。如果她来了，我们最好躲起来。咱们先查看一下房子吧，这才是最让人感兴趣的。如果莎莉巴姆太太恰巧在这时来了，她可能会留下来带我们参观这所房子，同时看着我们。所以，咱们最后再查看马厩。"

我们进入大门走向侧门，我第一次来访时莎莉巴姆太太就是站在那里迎接我的。桑戴克插入钥匙，我们一进去，他就立刻关上了门。我跟在他身后迅速穿过走廊进入大厅。他直奔前门而去,锁是开着的,他开始非常仔细地检查信箱。那是个不小的木箱,配有一把质量很好的锁,外面罩着一个钢丝格栅,通过格栅可以看到信箱里面。

"咱们真走运,杰维斯,"桑戴克说,"咱们来得太及时了,信箱里有一封信。"

"哦,"我说,"可是咱们不能拿出来啊,要是拿出来就好了。"

"我不知道,"他回答说,"私自拿别人的信不太好,我也不想偷看别人的信,即使他可能是个凶手。或许我们通过信封就可以得到想要的信息。"

他从口袋里掏出一个装有凸透镜的小电灯,按下按钮,照进格栅。那封信正面朝上平放在信箱里,所以可以很容易看到地址。

"赫恩·韦斯医生,"桑戴克大声念道。"德国邮票,邮戳显然是达姆施塔特①的。你看,'赫恩**医生'是打印的,其余是手写的。你怎么看?"

"我想不通。您认为他真的是一名医生?"

"以防被打扰,咱们最好先查看完房子,过后再讨论这些。寄信人的名字可能在信封的口盖上,如果不在,我就打开锁拿出信。你带探针了吗?"

"带了,做医生养成了习惯,我还随身携带着针盒呢。"

---

① 位于德国中西部的城市。

我从口袋里掏出针盒,从里面取出一支粗银丝的连接探针,把探针的两半拧在一起后将完整的探针递给桑戴克。他用细长的探针穿过格栅利落地把信翻了过来。"

"哈!"当光照在信封的背面时,他非常满意地叹了口气,"我们免于做贼了,或者说是未经授权的借用,'**约翰·施尼茨勒,达姆施塔特**',这正是我们想要的。必要的话,剩余的调查可以交给德国警察。"

他把探针还给我,把灯装回他的口袋,放下门上的挂锁,转身离开了黑咕隆咚、散发着霉味的大厅。

"你知道约翰·施尼茨勒这个人吗?"他问。

我说我不记得曾听过这个名字。

"我也没有,"他说,"不过我想可以很容易猜到他的职业。如你所见,'赫恩**医生'是印在信封上的,其余部分都留着手写。显然可以推断他习惯性地给医疗人员写信,而且信封和刻字是印刷的,不是压花的,是商用的,从这风格来看,可以猜测他经商。那么,他做什么贸易呢?"

"他可能是仪器制造商或药品制造商,更有可能是后者。因为德国有大量医药和化学产业,而且韦斯先生似乎使用药物比仪器更多。"

"没错,我赞同你的观点。但我们要回家后才能查这一点,现在最好去看一看卧室吧。你还记得是哪个房间吧?"

"在一楼,"我说,"当时我进入卧室的门正好就在楼梯口。"

我们爬上两层台阶,停在了楼梯平台。

"这就是那扇门，"我说。我刚要转动门把手，桑戴克一把抓住我的胳膊。

"等一下，杰维斯，"他说，"你看这是什么？"

他指着接近门底边的一处。仔细一看是四个清晰可辨的大小合适的螺丝孔，利落地用油灰塞着，用绳结盖住。眼孔的颜色和漆过的带有纹理的木门的颜色几乎一样，人几乎看不出来。

"显然，"我回答说，"那儿曾装了门闩，虽然安在那儿似乎很怪。"

"不，"桑戴克说，"你抬头会发现门上面还有一个。因为门锁在中间，那些门闩肯定很有效。还有一两点引人注目。首先，可以注意到那些门闩是最近才安装的，因为门闩下的漆和门的其余部分一样脏。其次，门闩已经拆掉了，其实根本不值得费劲去拆，可能装门闩的人觉得它们太显眼。这些螺孔经过如此巧妙、细致的塞堵后确实不那么显眼了。

"还有，这些门闩装在门外，非同寻常的卧室门闩。而且它们的尺寸也相当大，又长又粗。"

"从螺孔的位置可以看出门闩较长。不过您是怎么判断出粗细的？"

"根据门框上插孔的孔径判断。这些插孔非常仔细地用木楔塞住并用绳结盖住，但可以测出其直径，那也就是门闩的直径，显然与普通卧室门的尺寸不同。我给你照一下看。"

他用灯照着那黑暗的角落，之前插门闩的大洞显而易见，而且还能看到他们把插孔堵得很仔细。

"还有一扇门,我记得,"我说,"来看看是否也被类似地处理了。"

我们穿过空荡荡的房间,踩在光秃秃的地板上,发出的凄凉回声直让人心惊。打开另一扇门,在它顶部和底部也有类似的螺孔,说明这里也曾采取过防护措施,而且这扇门上的门闩和那些门闩的特征一样。

桑戴克微微皱眉,轻轻转身离开了那扇门。

"如果我们对这间屋子里所发生的事有任何疑问,"他说,"这么多加固防护的痕迹几乎足以解释了。"

"它们可能在韦斯来之前就有了,"我说,"他大约七个月前才来的,螺孔上又没有标日期。"

"确实如此。但是,你想,这些门闩最近才安装上,又被拆除,又有人十分仔细地掩饰门闩的痕迹,我们几乎可以肯定他们就是在这里实施的犯罪,其他解释都是多余的。"

"但是,"我反对道,"如果格雷夫斯果真被监禁的话,他不可能砸窗求助吗?"

"你看,窗户是冲着院子的。但我想也加了防护措施。"

他把那大扇老式百叶窗从凹槽里拉出来,关上。

"果真有。"他指着百叶窗各个角上的四组螺孔,又点亮灯仔细检查百叶窗的凹槽里面。

"很明显加固过,"他说,"有一根铁杆从顶部直穿底部,并用钉子和挂锁加固。收起百叶窗时可以看到铁棒在凹槽中留下的印记。一旦锁住铁棒,插上门闩,这个房间就完全被防护封闭起来,对于一个手无寸铁的被囚禁的人而言,这里就如同伦敦新兴门监狱的一间牢房。"

我们默默互视了一会儿。我猜韦斯先生要是看到了我俩此时的表情,他肯定认为有必要躲得比汉堡更远点。

"杰维斯,这件案子是十分残忍恶毒的行径。"桑戴克终于开口,他用平静,甚至是温柔的语气说,话里露出令人不祥的感觉。"这于我而言是一项龌龊、无情、冷血的罪行,绝不可饶恕,我不能允许它继续下去。当然,也许已经迟了。但格雷夫斯先生现在可能还活着,我要把确认他的死活当成我的重要任务。如果他已经不幸离世,我一定要亲自将害死他的凶手绳之以法,我要把它当作自己神圣的职责。"

我近似敬畏地看着桑戴克。在他平静的语气、淡定的态度、冷静的表情下,有某种比在最严重的威胁或最激烈的谴责下更震撼的东西。我感觉到在他那温柔平静的话语背后,已经宣布了那个凶残的逃犯厄运难逃。

他转身离开窗户,环顾着空荡荡的房间,似乎卧室中安防加固的发现足以达到目的了。

"实在是太可惜了,"我说,"我们没能在他们搬出家具之前查看一番,那样或许就能找到一些有关这个骗子身份的线索了。"

"是啊,"桑戴克答道,"恐怕这里没有什么有价值的线索了。看得出他们曾把地板上的小块垃圾扫进壁炉下面,咱们把炉箅翻过来,然后再看看其他房间,因为这里似乎没别的什么了。"

他用一根小棍子拨出一小堆垃圾,在炉膛上摊开。看起来确实没什么价值,任何一间脏屋子在搬家的过程中都可能扫起这样的一小堆垃圾。但桑戴克仍进行了系统的检查,他仔仔细细检查每一件东西后再放到一边,甚至连当地商人的账单和空纸袋都不放过。他又用棍子一耙,结果拨出一团皱巴巴的纸。他见到里面包着的东西后便急切地拾了起来。那是一副明显被人踩过的半副眼镜,因为一只镜腿扭曲弯折,镜片也已破碎。

"这应该对我们有用,"他说,"它可能是韦斯或格雷夫斯的,因为莎莉巴姆太太显然不戴眼镜。咱们看看能否找到其余的部分。"

我们两个仔细地用棍子在垃圾中翻找,摊开在炉膛上。拨去那一大张皱巴巴的纸,居然发现了那副眼镜的另一半。镜片碎裂得很厉害,但比另一只完整点。我拾起两根小棍,桑戴克兴致勃勃地看着,然后把它们放到壁炉架上。

"我们马上就研究它们,"他说,"先来看看眼镜。你看,从残存的碎片可以看出左眼的镜片是凹透镜,把它们带回家后可以测出镜片的曲率,如果可以收集更多的碎片,黏合在一起就会更容易测出。右眼是平镜,很显然。那么这眼镜应该就是你病人的,杰维斯。我想,你之前说他的虹膜震颤是右眼,对吗?"

"对,"我答道,"毫无疑问这就是他的眼镜。"

"这眼镜的框架很特殊,"他接着说,"如果是英国制造的,我们就能找到制造商,但我们必须尽可能多地收集碎镜片。"

我们又开始在垃圾中搜寻,最终又找到七八片小碎片。桑戴克把它们放在壁炉架上的小棍子旁。

"桑戴克，"我又拿起那两根小棍子研究起来，问他，"这些是什么？有什么用吗？"

他仔细看了一会儿回答说："我不会告诉你这是什么，你应该自己找答案，那样做很值得。在这种情况下，它们都是具有强烈提示性的东西，但要仔细注意其特殊性。这两根都是一段光滑、粗壮的芦苇秆，一根是细长的，约有六英寸长，另一根稍粗的只有三英寸长。较长的那根一端塞了一小块红纸，显然是从某个带有饰边的标签上撕下来的，另一端被折断了。短粗的那根被人为地撑大了内腔，可能把它作为鞘，套住另外一根。仔细留意这些，尽力思考其中的内涵，想想这种东西最有可能用来做什么。当你能确定答案时，就会发现有关这案子的一些新东西。现在，咱们继续调查吧。这是个非常有暗示性的东西。"他捡起一个小广口瓶，举起来给我看，然后接着说："看里面粘着的苍蝇，还有标签上的名字，'**考文特花园，罗素街，福克斯。**'"

"我不认识福克斯先生。"

"那我来告诉你，他是个化妆、戏剧之类材料的经销商。就我们目前的调查，你想想这个瓶子能表明什么。这个房间里似乎没什么其他有趣的东西了，除了门上加固门闩的尺寸异常。我觉得这里不值得继续查了，应该没什么新发现了。"

他把没用的垃圾丢回炉箅，然后起身小心翼翼地将壁炉架上的眼镜和碎镜片收进那个他随时装在口袋中的铁盒里，把大块的东西用手帕包起来。

"收集到的线索真是少得可怜，"他一边把铁盒和手帕放回口袋一边说,"但还没有我担心的那么糟糕。如果我们足够细致地思考和研究它们,说不定这些看起来不起眼的琐碎东西最终能提供点有价值的信息呢。咱们去别的房间吧!"

我们出门走到楼梯平台,然后进入前厅。根据经验,我们直奔壁炉。但是那里的一小堆垃圾却毫无价值,就连桑戴克那样犀利的眼睛也对它没什么兴趣。我们两个在房间里郁闷地转来转去,打开空空的橱柜查看,地毯式搜索了地板和墙角,还是没有发现任何前任住客的遗物。就在我无聊地闲逛时,我站在窗边望着楼下的街道,这时桑戴克大声喊道:

"离开窗户,杰维斯!难道你忘了莎莉巴姆太太现在可能就在附近吗?"

事实上,我完全忘了这码事,而且我也没把它当回事,我觉得那不太可能,并说出了自己的看法。

"我不同意你的观点,"桑戴克又说,"咱们已经听说她会来这里取信,她可能每天都来,甚至一天来好几次。记住,这风险性极大,并非如你想的那样安全。韦斯肯定已经察觉你对这件案子的看法了,而且他肯定担忧过你可能采取行动。其实可以这样认为,正是出于对你的担心才迫使他们搬离了这里,而且他们可能正急于拿到那封信,好断了和这所房子的最后一丝联系。"

"我想是的,"我表示赞成,"如果那个女人恰巧从这条路过来,就会看到窗边的我并认出我,那样她必然会感到可疑。"

"感到可疑?!"桑戴克惊呼,"她会感到事情极其不妙,韦斯先生会达到高度戒备。咱们看看其他房间吧,这里没有什么。"

我们上楼，只发现一个房间有最近用过的痕迹。阁楼明显没有使用过，厨房和底楼的房间都没有桑戴克认为有价值的线索。然后我们从侧门走出房子，沿着那条树木荫蔽的路走进后院。工作室紧锁，上面的挂锁都生了锈，貌似有几个月没用过了；马厩也暂时清空了；马车棚也是空的，没有最近使用过的痕迹，除了里面有一支用旧的半秃刷子。我们回到那条荫蔽的路，当我正要把那虚掩的侧门关上时，桑戴克阻止了我。

"离开前再去看看大厅。"他说。然后他在我前面轻轻地走到前门，点亮他的灯照着信箱。

"又多了新的信吗？"我问。

"多了！"他重复道，"你自己看。"

我俯身透过格栅往灯照亮的信箱里看，然后大惊一声。

信箱居然是空的。

桑戴克苦笑着说："我怀疑咱们俩被搞了个趁人不备，杰维斯。"

"真是怪了，"我回答说，"一点都没有听到开关门的声音，你听到了吗？"

"没有，我没听到任何声音。这让我怀疑她听到了咱俩说话，此时她可能正密切注意着我们呢。我想知道她是否看到你在窗前了。但不管她看没看到，我们必须非常小心谨慎地离开。咱俩都不能直接回律师院，归还钥匙后我们最好分开走，我看着你离开，看看有没有人跟踪你。你打算去哪里？"

"您不让我跟着的话，我就去肯辛顿到霍恩比那吃午饭。我会在一个小时左右后给您打电话。"

"很好，就这么定。你自己小心点以防被跟踪，我下午要去吉尔福德。像现在这种情况，我不能回家，只能给博尔顿发一封电报告知他，然后到沃克斯豪尔坐火车，中途在某个可以下车的小站换乘。尽量小心，记住，必须避免被跟踪到能找到你的地方，最重要的是不能暴露你和国王椅步行街 5A 号有联系。"

商量好行动方案后，我俩一同走到门口，锁上门后快步前往房产中介处，恰巧那里有个办公室勤杂员，二话没说就接过了钥匙。我们走出办公室时，犹豫地停下脚步，打量着面前的小路。

"目前看不到有可疑的人。"桑戴克说完接着问，"你打算怎么过去？"

"我想，"我回答说，"最好的方案是搭出租车或公共汽车，尽快离开这里。如果我经拉文斯顿街走到肯宁顿公园路，就可以搭公共汽车到道森街的大厦之屋，在那里可以换乘到肯辛顿的车。我坐到上层，这样就能留意是否有其他公共汽车或出租车跟踪我。"

"好，"桑戴克说，"计划不错。我跟你一起走，确保你平安出发。"

我们沿着那条路快步穿过拉文斯顿街走到肯宁顿公园路。一辆公共汽车正从南边缓缓驶来，我们两个站在拐角处等着。四处有几个人路过，尽管我俩都谨慎地留意观察他们，尤其是女人，但他们似乎都没有特别注意我俩。公共汽车来了，我登上踏板爬到上层，落座后从前到后察看一番，没有其他人上，而且没见有出租车或其他车辆跟着我。我转而看向站在街角的桑戴克,示意他并没有人跟踪。随之,他向我挥手告别,然后转身朝沃克斯豪尔站走去。而我,再次庆幸没有出租车或快步追逐的乘客在后面追我后,认为我们如此提防戒备其实没必要,于是我换了一个更舒服的位置坐下。

第十章 猎者被猎

那个时代的公共汽车开得慢吞吞的,正常的行进速度跟人慢跑的速度差不多,在熙熙攘攘的大街上不时地走走停停。车子缓缓向北行驶,我偶尔会回首瞥一眼,但心想不太可能有人跟踪,所以注意力很快就转移到刚刚经历的探险上。

桑戴克显然对我们的调查结果非常满意。那封信无疑为进一步调查和确定凶手身份开辟了渠道,但除此之外我没有发现任何能让他满足的线索。以眼镜为例,几乎可以肯定那是格雷夫斯先生的,不过之后又能怎么样呢?找到眼镜制造商的可能性很小,而且就算我们找到了,对方也提供不出什么有用的信息,因为眼镜制造商通常不会与客户特别熟。

至于其他的,我没想到有什么异常。显然,桑戴克觉得那两根小芦苇秆与案件有关,据推断应该是与韦斯、格雷夫斯或莎莉巴姆太太有关。但我以前从未见过类似的东西,对我来说,它们对破案毫无帮助。此外,桑戴克似乎认为那个瓶子很重要,但对我来说那也是毫无价值的。事实上,那瓶子暗示着房子里的某个人与整个案件紧密相关,但并没有迹象指向是谁。肯定不是韦斯先生，他那个样子怎么看也不像是伪装的。无论如何，那个瓶子和上面的标签都不能给我任何有用的提示，还不如直接去拜访福克斯先生问询一番呢。我明显感觉到桑戴克认为那个瓶子没那么简单。

我脑子里一直思考着这些，直到公共汽车一路颠簸着驶过伦敦大桥，上了金威廉街，然后汇入大厦之屋那儿的车流。我在大厦之屋下车，换乘去肯辛顿的公共汽车。我愉快地一路向西，俯视着人潮涌动的街道，沉思着下午我可能会过得比较闲适愉快，还想着自己转行跟桑戴克共事后，需要多久才能证明自己已经进入这个非常有趣的行业了。

不过我的如意算盘落了个空，愉快的旅行以失望而告终，因为当我兴冲冲到达安斯利花园里那所熟悉的房子时，却被女佣遗憾地告知主人不在。霍恩比太太去乡下了，晚上才回来。而且，对我来说更糟的是，她的侄女朱丽叶·吉布森小姐陪着她一起去了。

主人不在，都怪我没提前打招呼就冒昧拜访来吃午餐。我只好表面上淡定地转身离开霍恩比家，实则内心深深地对上帝不满，为何霍恩比太太非要选在我难得的第一个空闲日去乡下？最重要的是，她为什么非要带上我美丽的朱丽叶？这是我最大的不幸（那位精神可嘉的老夫人不在，我还是可以接受的），并且我又不能立刻回律师院，所以那一刻我就如同一个无家可归的人一样，在路上漫无目的地逛荡。

下午一点钟左右，不知为何，本能促使我朝布朗普顿路走去，最后我在一家大型餐厅的桌边坐下准备吃饭。那家餐厅显然是为了不远万里赶来购物的女士们准备的，购物这种活动绝对是女性的专属运动。等餐时，我坐在那儿一边翻看晨报，一边想着该如何打发剩下的时间。突然，我看到斯隆广场剧院登出的一场日场剧。我已经很久没去过剧院看戏了，于是决定下午就去重温一下剧场，像轻喜剧那样的剧似乎就能满足我这种品位不很挑剔的人。我一吃完午餐就出门上了布朗普顿路，搭上一辆公共汽车，按时到了剧院门口。几分钟后，我便坐在第二排一个极佳的位置，忘却了刚刚的失望和桑戴克的警告。

我并非一个狂热的戏剧爱好者，不过是把戏剧表演当作一种娱乐消遣，并非去剧院学习或提升自己的道德观念。但是通过这种娱乐方式，我很容易变得心情大好。一部简单的符合我口味的戏剧可以给我一种田园般的感受，让我最大程度地享受表演。当幕布落下、观众纷纷起身离开时，我急忙从散场的混乱中抓起帽子离开，感觉自己度过了一个非常愉快的下午。

从剧院出来，在拥挤的人群中我发现对面有一家茶馆。我的本能——这次是五点钟的本能——牵着我走了进去，因为人类都是习惯性生物，特别是喝茶的习惯。我找了一张离前台不远的昏暗角落里的一张空桌子坐下，刚坐下不到一分钟，一位女士从我身边走过，坐到了远一点的桌子边。她走近从我身边路过时，我瞥了她一眼，一袭黑衣，戴着串珠面纱和帽子，手里除了端着一杯牛奶和面包外，还提了一把伞和一个小篮子，篮子里显然装着针线活之类的东西。我必须承认当时我真的没太在意，因为我正焦急地想着服务员多久才能发现我正等着点餐呢。

墙上的钟已走了三分十五秒,一位无精打采的年轻女子才慢悠悠地晃到我桌边,一脸不悦地用询问的眼光瞥了我一眼,好像无声地在问我到底想要什么。我低声下气地说要一壶茶,她便转动足跟(她的鞋跟外缘真的磨损得相当严重)走到大理石前台那里,向一位女士传了我点的单。

前台的女士貌似好多了,因为不到四分钟那个服务员就回到我的桌边,郁郁寡欢地摆上茶壶、奶罐、茶杯和茶碟、一壶热水和一小杯牛奶,之后又愤愤地离开了。

我刚搅了一下壶里的茶,正要倒出第一杯时,感觉身后有人轻轻碰了一下我的椅子,然后听到地板上发出砰的一声响。我迅速回头,只见刚刚看到进门的那位女士正俯身在我身后,似乎她简单吃完后出门时不小心掉落了之前挎在手腕上的小篮子,里面的东西立刻全都滚落在地上。

那个没有生命的篮子掉落时,就像有个敏捷的恶魔进入了它体内一样,而且那聪敏的恶魔还明显带着邪恶感,线团滚进了最难够到的地方。更巧的是篮子里装着串珠活计的材料,顷刻间,那些珠子还没掉到地板上便迅速四下散落到远处难够到的角落里了,真是糟透了。

作为附近唯一的男士,而且几乎是唯一的人,这份急救的责任显然落了我的身上。于是我也不顾身上那条几乎全新的裤子了,俯身跪在地上,在餐桌、椅子、高背长椅下寻找那些我够得到的珠子。在一张高背长椅的角落摸索过后,我在一个又脏又黑的角落里找到了一团粗线或是麻线，四处找遍地面后，最终捡回两把该死的大珠子，而且碰了好几次头，深深感叹铸铁餐桌比人的颅骨结实得多。

那女人对这起意外和给我带来的麻烦感到非常苦恼，事实上，她有点恼火。当我把捡起来的珠子倒进她手上提着的篮子时，发现她的手明显在抖。她带着轻微的外国口音咕哝着向我表示感谢和歉意，我随意一瞥，发现她长得极其白，尽管我们所站之处灯光昏暗，而且她脸上还遮着串珠面纱，我依然可以清楚地看到。而且可以看出她长得相当有姿色，一头浓密的黑发，鼻子上方粗黑的眉毛几乎要连在一起了，乌黑的毛发和苍白的肤色形成了鲜明对比。但是当然，我不能盯着她看。把串珠归还给她、接受了她的谢意后，我就回到座位，她便走了。

当我再次抓起茶壶时，发现了一件很怪的事，我的茶杯底有一块方糖。对于多数人来讲，这应该没什么，他们可能忘了，以为自己之前放过糖，倒过茶了，可此时的情况是我偏偏还没放过糖。还有一种可能，那糖不是我放的。所以，我就以为是服务员不小心放进去的。我把茶杯里的糖倒在桌上，往杯中倒了茶、加了奶，小心尝了一口，试试温度。

茶杯刚到嘴边，我无意间看向桌子对面的镜子。镜子里映出的是我身后的店内部分，包括收银台，还有那个拿着篮子的女士，正站在那里付款。我和她之间有一盏煤气吊灯，灯光照着我的后背，却完全照着她的脸。尽管她戴着面纱，但我能看到她一直在盯着我，实际上，是专注地非常好奇地盯着我——那种表情混杂着期待与警惕。但不仅如此，当我同样盯着她看时（她不会发现的，因为镜子中映出的我的脸在深深的阴影中），突然察觉到她只有右眼在死死盯着我，另一只眼睛明显斜瞥向她的左肩，她左眼斜视。

我惊讶地放下茶杯，心里顿时涌上怀疑和警惕。我立刻想起几分钟前她跟我说话时两只眼都是看着我的，没有丝毫斜视的迹象。我想起了那块方糖、毫无戒备的奶罐，还有我已经喝下的茶。我几乎还没搞清楚自己想到了什么，便立即站起来，转过身去看她。但当我起身时，她抓起零钱就快步冲出了茶馆。通过玻璃门我看到她一个箭步踏上一辆路过的马车，然后给车夫指了个方向。车夫挥鞭抽马，当我走到门口时马车已经迅速朝斯隆街驶去。

我犹豫不决，还没有付钱，就这样跑出去，店里肯定不愿意，况且我的帽子和拐杖还在座位对面的栏杆上放着。应该去跟着那个女人，但已不太可能。如果我刚刚喝下的茶没有毒，就没损失什么，而且我甩掉了跟踪者。对于我而言，这场意外已经结束。我回到座位，将之前丢在桌子上的那块糖小心翼翼地装进口袋。这儿的茶不错。但我不能继续在店里逗留，以免有新的间谍来察看我的情况。于是我向服务员要了账单，到前台买了单，随即离开。

这时我才意识到，那个黑衣女人从肯辛顿一路跟踪我到这家店，而且她就是莎莉巴姆太太，对此我非常肯定。看到她左眼斜视，我瞬间就已经完全意识到了。当我站在那个女人面前瞥了一眼她的脸时，我就隐约想起了什么，虽有模模糊糊的半点意识但立刻就忘了。可是看到那极具特征性的斜视时，我便立刻想了起来，而且那解释了一切。我现在感觉那个女人毫无疑问就是莎莉巴姆太太。

这整件事实在太神秘。那个女人的外表发生了变化倒是没有什么好奇怪的，她粗糙的黑发可能是天然的，或是染过色，也可能是假发。眉毛可以是画的，那很容易，尤其她还戴着串珠面纱，就更容易掩饰了。可是她到底是怎么到那儿的呢？在如此特别的时刻，她是如何碰巧那样乔装打扮的呢？最重要的是，她是怎么弄到一块我敢肯定是有毒的方糖呢？

我翻来覆去琢磨着，越想越不明白。据我所见，不论是步行还是搭车，都没有人跟踪我的公共汽车。我一直都小心留意，从一开始到后来有相当一段时间我都在留心观察。无疑，莎莉巴姆太太肯定一直在跟踪我。可她是怎么做到的呢？如果她之前知道我打算坐公共汽车，那么她应该在我之前就上了车。可是她不可能知道啊，况且她并没有在公共汽车上，因为我们是看着车从远处开过来的。她是不是在房子里听到了我跟桑戴克讲我要去的目的地，可这还是解释不通，因为除了提到"肯辛顿"之外我没有讲具体地址。我虽提到了霍恩比夫人，难道莎莉巴姆太太知道我朋友的名字，或者她在电话簿中查过这个名字？那种可能性也太小了。

想不出任何满意的结论，我的思绪又转到不幸喝下的那杯茶。虽然刚受完惊，但我对喝下的茶并未感到非常不安，因为茶有点烫，喝的量并不多。而且我记得倒出那块糖后就把茶杯倒扣在桌子上了，所以茶杯中应该没残留什么固体。还好只有一块方糖，显然没有和其他不显眼的毒品混在一起使用。那块糖就在我口袋里，等我有空的时候仔细检查一下。我暗笑着想，如果最后查出来它不过就是一块糖，不含任何别的东西，才会有点令人不安呢。

我出了茶馆走上斯隆街，心想一定要谨慎，今天早些时候就该这样，要绝对确定没有任何人在跟踪我。由于我盲目自信，去安斯利花园前掉以轻心了。而现在，一场可怕的经历让我变得更加警惕，我十分小心地往前走。外面天还大亮着，茶馆之所以开灯，是因为建造商设计失误和下午天气沉闷。在开阔的空间里我可以看到目及之处绝对安全。走到斯隆街街头，穿过骑士桥，进入海德公园，走向蛇形水池，我沿着东岸进入一条长长的通向大理石拱门的小路，快步疾走，那速度足以让任何一个跟踪者都要步履匆匆才能让我始终在他视线内。穿过一大片草坪的中途，我稍作停顿，注意到有几个人正跟着我。然后，我突然左转，直奔维多利亚门，中途躲进一片树林。我站在一棵树后，观察起路上那几个人，他们都离我很远，而且看起来没人朝我这方向走。

我小心翼翼地在树间移动，穿过树林来到南边，疾步走过蛇纹石桥，匆匆沿着南岸，离开海德公园，走到阿普斯利邸宅，然后以同样的速度沿着皮卡迪利大街疾走，凭着自己天生熟悉伦敦街道的技能在人群中曲折前进。我穿过马戏团那里繁忙的车辆，箭步走上文德米尔街，在索霍狭窄的街道和法院之间曲折前行，穿过七面钟和德鲁里街后，走进林肯酒店南部很大一片的后街道和小巷，然后经纽卡索大街、霍尼韦尔街和半月巷出来，进入斯特兰德大街，快速穿过那里，最终经德弗罗法院进入律师院。

即便这样我也没有放松警惕，疾步穿过一个又一个院子，在那些黑暗的门和除了律师院的人之外只有极少数人才知道的小路中行走，最后出来进了一个入口，那是只有国王椅步行街不可通行时人们才会走的入口。我上楼走到一半时，在阴影中站了一会，从楼梯间的窗户望向入口。最后我觉得自己已经做到了绝对防备时，才插入钥匙进入房间。

桑戴克已经到了，我进门时他起身迎接我，脸上明显带着放松释然的表情。

"很高兴见到你，杰维斯，"他说，"我一直在担心你。"

"怎么了？"我问。

"好几个原因。其一，据他们所知，你是他们的唯一威胁。其二，我们犯了个最荒谬的错误，我们忽略了一个本该立即想到的事。不过，你怎么样？"

"我活该更惨，但所幸结果没那么糟。那个女人突然出现在我面前，至少我是那样觉得。"

"毫无疑问她会那样。咱们被悄悄偷袭了，杰维斯。"

"怎么回事？"

"现在进去，先听一听你的历险。"

我竭尽所能把记住的从我们分开到我回家的整个过程细致完整、毫无遗漏地讲给他听，给他重现了我极其曲折迂回的回家路线。

"你的回家路线可真复杂,"他大笑着说,"我想应该可以彻底甩掉任何跟踪者了,唯一可惜的是,你可能在路上浪费了大把时间,因为跟踪你的人那时已经是个逃犯了。当然,你采取那样谨慎的防备措施很明智,因为韦斯可能跟踪你。"

"他不是在汉堡吗?"

"你那么认为?你可真是个太易轻信他人的年轻法医。我们并不知道他是否已回去,但他故意透露出的身在汉堡的信息反而强烈表明他更可能在别的地方。我只希望他没有找到你,你刚才使用的方法,即便他从茶店就开始跟踪你,也应该已被甩掉。"

"希望如此。可那个女人是如何设法一直跟踪我的呢?我们哪里疏忽了?"

桑戴克冷笑着说:"杰维斯,我们犯了愚蠢至极的错误。你从肯宁顿公园路上了一辆颠簸缓行的公共汽车,我们两个都忘了肯宁顿公园路下面是什么。"

"下面!"我惊呼。那一刻我完全困惑了,然后突然意识到了他的所指,"对啊!"我惊呼道,"真是傻透了!你是指电车?"

"对。这样一切就解释得通了。莎莉巴姆太太肯定在某个店里盯着我们,然后悄悄地跟着我们上了小路。当时周围有很多女人,其中有几个人跟我们同方向走。除非你认出了她,不然把她和其他女人区分开的可能性很小,而且如果她戴上面纱并与你保持一定距离,那几乎就是不可能。至少我认为你区分不出。"

"是的,"我表示同意,"我肯定区分不出。我只在一个昏暗的房间里见过她,在户外着装、戴面纱的情况下,我要不是仔细看,肯定认不出她,况且她还伪装或化妆了。"

"不是那个时候伪装的,她不可能化好装后再回家,因为门卫会质疑她是谁。我想她实际上并没伪装,尽管她可能会戴一顶遮阳帽和面纱,那样就足以让我们很难从街上的女人中认出她来。"

"接下来是怎么回事呢?"

"我觉得她在我们等公共汽车时,可能在路的另一边从我们身边走过,然后到肯宁顿公园路。她可能猜到我们在等公共汽车,于是就朝车行驶的方向走,那时公共汽车从她身边经过,而你则一直在警惕地回头,朝着错误的后方观望是否有跟踪的车辆。然后她略微加速,一两分钟后就到达南伦敦铁路的肯宁顿站,再过一两分钟后,她就搭上了电车,在地下与你同向前进。然后在行政区站下车,或者她可能会冒更多风险,继续坐到伦敦大火纪念塔,但无论怎样她都会等你的公共汽车驶来,招手上车。我猜途中有一些乘客上车吧?"

"哦,天呐,是的,那车每两三分钟就停一次等上下客,而且大多数都是女乘客。"

"很好,那么就可以这样认为,当你到达大厦之屋时,莎莉巴姆太太便趁机上了车。我觉得这事相当古怪。"

"是啊,真是被她搞糊涂了!她肯定以为咱俩够笨的!"

"肯定,不过这倒是案件中令人欣慰的一点,她肯定以为咱俩全是新手。继续讲,当然,她跟你搭同一辆公共汽车到肯辛顿——你本应该坐在车厢内而不是露天的上层,那样你就可以看到每一个上车的和车厢内的乘客。她跟着你到安斯利花园,可能发现了你要去的人家。然后她跟着你去了餐厅,甚至也在那里吃了午餐。"

"很可能,"我说,"餐厅总共有两个房间,里面主要都是女人。"

"然后她跟着你到斯隆街,当你坐在露天的上层时,她就能很自然地坐在下层车厢里了。至于剧院,她肯定觉得那是天赐的礼物,那真是你为了方便她而做的安排。"

"怎么讲?"

"亲爱的伙计!想一想,她只需跟着你入场,看到你确实落座后便可以离场,等你看完剧再回来,而这期间她就可以回家为接下来的行动做准备,说不定会在韦斯先生的帮助下制定行动计划,准备一些必要的措施和工具,到了指定的散场时间再去盯着你。"

"那样主观猜测的成分太多了,"我表示反对,"例如,我们还要假设她就住在斯隆广场附近,否则她来不及。"

"一点没错,我就是那样认为的。你不会以为她习惯性地在口袋里装着方糖到处逛吧,如果不是,那么她肯定是从某个地方拿的那块糖。散落的珠子表明那是一场精心的策划,正如我刚才所说,她在肯宁顿街见到我们时来不及化妆。这一切都表明她就住在斯隆广场附近。"

"无论如何,"我说,"那都冒了相当大的风险,因为我有可能在她回来之前就离开了剧院。"

"是的,"桑戴克表示同意,"女人喜欢碰运气。男人的通常做法是一旦发觉你放松了警惕,就可能一直坚持跟着你。但她和其他女人一样,准备冒险一试。她冒险赌了下电车的站,赌赢了;她打赌你会一直待在剧院,结果又赌赢了;她估计你出来后很可能去喝茶,结果她再次猜对了。她赌的次数太多了,她猜你可能在茶里加糖,但这次她错了。"

"看来糖早已事先准备好了。"我说。

"是的。我们的解释完全出于假设,可能错误。但所有事实都凑在了一起,如果我们在糖中发现有毒物质,那么我们的猜想就是正确的。对那块糖的检验至关重要,你若愿意把它交给我,咱们就上楼到实验室做初步检验。"

我从口袋里拿出那块糖交给他,他把糖拿到煤气灯下,借着灯光用放大镜检查。

"没见外表有冰晶,"他说,"我们最好先把它融化,然后系统研究。如果有毒,可能是生物碱,另外还要检测一下是否含砷。但韦斯这种人几乎肯定会用生物碱,因为它微小易溶。你不应该把它随意装在口袋里,从法律角度来讲,那会严重干扰证据的价值。应该将有嫌疑的有毒物质小心隔离开,把它与任何可能对分析结果产生干扰的物质分开存放。这次无关紧要,因为这个分析仅用于咱们自己搜集信息。你的口袋比较干净,不会造成干扰,但下次一定要记住。"

说完我们上楼去了实验室,桑戴克立刻用少量温热的蒸馏水溶解了那块糖。

"在添加酸或是其他物质前,"他说,"我们将采取品尝这种简单的初步检测方法。糖是一项干扰因素,但一些生物碱和除砷之外的多数矿物质毒素味道都特殊。"

他将一根玻璃棒插入温热的溶液中,然后放到舌头上品尝。

"哈!"他一边仔细地用手帕擦嘴一边大叫道,"简单的方法往往很有效,基本上确定糖里所含的物质。我建议博学的小兄弟也来尝一尝,但小心,只一点点就够你回味无穷了。"

他从架子上又取了一根玻璃棒插入溶液中,然后递给我,我小心翼翼地往舌尖上涂了一点,立刻有一种奇怪的刺痛感,并伴随着麻木感。

"嗯,"桑戴克说,"是什么?"

"乌头。"我毫不犹豫地回答。

"对,"他表示认同,"就是乌头,或者更可能是乌头碱。我认为它提供了所有的所需信息,没必要再麻烦做完整的分析了,尽管我稍后还会做一个定量检查。你知道了味道的强度,也看到了溶液的浓度,显然那块糖含有大量毒素。如果那块糖已经溶化在你的茶中,那么你喝下的乌头碱量足使你昏迷一阵子,这就证明莎莉巴姆太太急于彻底了断和那所房子的关系。她看到你喝了杯茶,但我猜她没有看到你倒出了糖。"

"是的,从她的表情可以判断她没有看到。她看起来很害怕,她并不像她卑鄙的同伴一样心狠手辣。"

"你可真是幸运,杰维斯。她要不是那么慌张,原本的计划可能是等着亲眼看你倒一杯茶,或者是把糖丢进奶罐中。任何一种情况都会使你还没察觉到不对劲就中毒了。"

"他们真是绝配的一对儿,桑戴克,"我嚷道,"在他们眼中,人的生命似乎如蝇蚁一般微不足道。"

"是啊,确实。他们是最凶残的典型投毒者,聪明机智、谨慎小心而又足智多谋。他们对社会构成明显的威胁,只要他们逍遥法外,人的生命就会受到威胁。我们的职责就是绝不允许他们再继续逍遥法外。不过我想你接下来几天最好待在屋里别出门。"

"哦,胡扯,"我抗议道,"我能够照顾好自己。"

"我还是有点怀疑,"桑戴克说,"这件事至关重要,我们千万要小心。你是唯一可以将这些人定罪的证人,他们知道这点,会不计代价地除掉你,因为此时他们几乎可以确定茶馆的计划失败了。现在你的命对你自己和另外一个人来说都很重要,你是消灭这些社会危害的不可或缺的工具。如果他们在外面看到你并发现你与这里有关,他们就会知道这案件正在严查中。如果韦斯还没有离开英国,他就想马上除掉你;如果他已经离开,莎莉巴姆太太也会很快离开,那样的话我们可能永远都抓不到他们了。你必须待在屋里以防被人看到,并且你最好写信给吉布森小姐,让她警告仆人不要将你的信息泄露给任何人。"

"要多久才能放我自由?"我问。

"我想不会太久。我们有了一个充满希望的开始,幸运的话,我在一个星期内就能收集到所有所需证据。但是目前由于其他原因,我还无法确定日期,也有可能我在朝错误的方向分析这个案子,不过我一两天内就能告诉你答案。"

"我想,"我闷闷不乐地说,"我这几天都不能参与抓捕行动了?"

"绝对不能,"他回答说,"你要研究布莱克莫尔案,我会把所有相关文件给你,让你好好消化一下证据。那样你就会了解所有事实,能够自己侦破那个案子。此外,我还要你帮博尔顿一点忙,搞清一些尚未明朗的事情,你会发现那些事既有趣又有益。"

"请霍恩比夫人来这里做客到花园里喝茶怎么样?"我建议。

"而且带着吉布森小姐一起吗?"桑戴克冷冷地说,"不可以,杰维斯,千万不可以。你必须让她非常清楚这一点。莎莉巴姆太太很可能用心记住了安斯利花园的那所房子,因为那是唯一一个她真正知道的地方。如果韦斯还在英国的话,她和韦斯几乎肯定会一直监视那所房子。如果他们将那所房子和我们这里联系起来,只需几个问题他们就能知道这个案件的确切状况了。不可以那样,我们必须尽量让他们不明状况,我们已经暴露得太多了。这对你而言很难,但实在没办法。"

"哦,不要以为我在抱怨,"我说,"如果这是公事,我会像你一样认真对待。我开始以为你只是为我的安全考虑。我什么时候开始工作?"

"明天上午。我会把我做的有关布莱克莫尔案的笔记、遗嘱和口供的复印件给你,你最好将文件加以备注,从中得出证据并推断出结论。还有从纽因费力收集来的信息需要认真研究琢磨。至于这件案子,我们最好把那副眼镜的碎片尽量完整地拼黏起来，以防需要它作证。再加上其他案子的一些工作，够你忙一两天的。现在抛开专业话题，咱俩都还没吃饭呢，但我敢说博尔顿已经准备好了饭菜，咱们下楼去看看。"

我们下楼，正如桑戴克所料，博尔顿刚为我们准备好一桌饭菜。

第十一章　回顾布莱克莫尔案

从事医学实践，要能够做到瞬间将注意力从一系列事件转移到另一系列同样重要但完全不相干的事件上。医生在每一次回访中都会发现自己处理的是一大堆特别而独立的情况，他必须最大程度地集中注意力。但当其注意力转移到下一宗病例时，思绪又必须马上完全抛开上一宗病例。这种习惯不易养成，一个重大的、令人苦恼的或内容晦涩的案件很容易占据人的思维，并阻碍人对后续案件的关注。但医生必须具备这种能力，要学会及时获取新信息，同时忘却除手头上的病人之外的一切信息。

接手布莱克莫尔案工作的第一个上午让我知道，法律实践同样需要那种能力，而且我必须掌握。因为当我认真查看过口供和遗嘱的复印件时，肯宁顿街的那所神秘的房子不断地涌现在我的眼前，而且莎莉巴姆太太的样子，那张恐惧而又充满期待的苍白的脸，一直萦绕在我的脑海中。

事实上，我对布莱克莫尔案的兴趣仅仅是出于学术，但在肯宁顿案中，我自己则是当事人之一，它与我息息相关。对我来说，约翰·布莱克莫尔只不过是一个名字，杰弗里只不过是一个我无法确定其身份的模糊人物，史蒂芬也只不过个陌生人。格雷夫斯先生却是一个真正存在的人。我曾见过他处于死亡边缘的悲惨状，我无法忘记那个情景，不仅对他有鲜活的记忆，还有对他悲惨命运的深切同情与关心。恶棍韦斯和他的帮凶——那个恐怖可怕的、受他恩惠甚至也许是指挥他的女人，也以鲜活可怕的形象存在于我的记忆中。虽然我没向桑戴克暗示过，但我的内心却感到十分痛苦，因为他没让我参与此案有关的任何工作，而我对它充满兴趣。我不愿只面对枯燥无聊、纯法律性的、让人捉摸不透的杰弗里·布莱克莫尔遗嘱案。

然而，我还得老老实实坚持做我的工作。我通读了所有口供和遗嘱，认真消化理解了所有事实，却没有丝毫新发现。我将自己的理解与桑戴克的笔记做了对照——我也复印了一份他的笔记——发现他的笔记虽然简洁，却囊括了几件被我忽略掉的事情。我还简要总结了我们去纽因调查的情况，并列出我们发现或收集到的东西。然后我转而着手任务的第二部分，根据所列事实进行推测。

只有当我真正尝试去做时，才意识到我是多么茫然不知所措。尽管桑戴克建议我研习一下马奇蒙的报告，并提示我会从中得到非常重要的发现。然而，我只能得出一个结论，而且是唯一的结论，尽管我怀疑那是错误的结论：杰弗里·布莱克莫尔的遗嘱绝对正常、全面有效。

我试图从各个角度质疑那份遗嘱的有效性，却屡试屡败。那份遗嘱的真实性显然没有问题。在我看来似乎只能从两点提出异议：杰弗里执行遗嘱的能力和他可能受到过不当影响。

首先，毫无疑问的是，杰弗里对鸦片上瘾，在某些情况下那可能会干扰立遗嘱者立遗嘱的能力。但在这件案子中是否存在这种情况呢？吸毒的习惯是否已经在死者身上产生了这样的精神变化，导致破坏或削弱他的判断力呢？还没有任何证据能支持我的想法。即使他的生活习惯发生了改变，但他理智、负责的本性仍然存在，即便到了生命的最后，他也会成功处理好自己的事情。

是否受不当因素的影响则很难判断。如果问这种影响是由谁造成的，那只能是约翰·布莱克莫尔。毫无疑问，在杰弗里的所有熟人中，他的弟弟约翰是唯一知道他住在纽因的人，而且约翰曾多次去看望他，因此可能是他对死者造成了影响，但没有证据能够表明。死者唯一的兄弟应该知道他住在哪里，这很正常，而且与受不当影响的猜测相对的事实摆在眼前：立遗嘱者自愿把遗嘱带到住所，并让完全公正无私的人作为遗嘱的见证人。

我最终不得不绝望地放弃这个问题，丢下文件，注意力转移到了我们到纽因旅馆的发现。

那次调查发现了什么？显然桑戴克收集了一些他认为重要的事实，可它们到底重要在哪儿呢？唯一可能质疑的就是杰弗里·布莱克莫尔遗嘱的有效性或其他什么。既然遗嘱的有效性已经得到了最无争议的正面证据的支持，似乎没有什么可以对这个案子有任何真正的影响。

但是，桑戴克不可能是个不切实际的人，也不习惯凭空猜想。如果他认为我们所发现的事实与案子相关，那我就假设确实与之相关，尽管我看不出它们其中的联系。并且，在如此假设下，我要重新审视那些发现。

现在，不管桑戴克可能发现了什么，我在死者的房间里只发现一个事实，而且是很不寻常的事实——倒置的楔形文字。那是我收集到的所有证据。问题是，它能证明什么呢？对于桑戴克来说，它具有更深刻的含义。到底是什么呢？

如果相框被放在搁板或支架上，文字颠倒是有可能的。但文字是镶在相框里，说明它一直是这样挂在墙上的，而不是暂时性的意外。显然难以想象它是由杰弗里本人挂起来的。假设是杰弗里搬进来时，工人将其挂到现在的位置，说明它实际上已经在那挂了好几个月了，拥有楔形文字专业知识的杰弗里·布莱克莫尔却从未注意到那字是颠倒的；或者说，他注意到了，只是不愿意麻烦把它正过来。

这能意味着什么呢？如果他注意到了那个错误但懒得去纠正，那就表明他的心态与吸食鸦片者的心态一样：懒惰和冷漠。若死者的心态的确如此，他就不应该对已立好的遗嘱进行不必要的细小改动，显然前后矛盾。

另一方面，如果他没有注意到照片挂反了，也有可能他几近瞎了或是有些痴呆了。因为那照片有两英尺多长，那幅字大到一个视力正常的人在四五十英尺外都很容易看清。他显然没有痴呆，很有可能他的视力极差。我认为从照片中能得出的唯一结论是，它为死者极差的视力提供了一个衡量标准——证明他已经完全失明。

但这没什么好吃惊的,因为他曾说过自己的视力在快速衰退。话说回来,他一只眼睛失明会对遗嘱有什么影响呢?一个完全失明的人根本无法亲笔写遗书。但是,如果他的视力足可以书写、签署遗书呢?极差的视力并不会妨碍他写错遗嘱的条款。桑戴克似乎对此案已心中有数,我想起他问门卫的那个问题:"你当着布莱克莫尔先生的面读遗嘱时,是大声朗读的吗?"那样问显然只有一个目的,他怀疑立遗嘱者对自己将签署的文件内容是否完全清楚。然而,如果他能够书写和签署遗嘱,当然也能够阅读,除非他痴呆了,否则他肯定清楚自己所写内容。

我的推理让我再次陷入迷茫,最终的结论仍是这是一份正常有效、符合所有法规的遗嘱。我不得不承认自己再次受到打击,并且我再次完全同意马奇蒙先生的观点:"这件案子根本就不是案子","毫无争议"。尽管如此,我又仔细地研究起桑戴克给我的随身笔记、他的笔记,以及我们去纽因调查的笔记,还有我刚刚得出的几条极少的令人不满意的结论。我挑战新任务的第一个上午就这样告终了。

我们坐下来吃午餐时,桑戴克问:"我博学的朋友,你有何进展?是否建议马奇蒙先生申请中止执行遗嘱?"

"我通读了所有文件,把所有证据都看了个滚瓜烂熟,结果我比以前更糊涂了。"

"我博学朋友的话中似乎暗示了思绪有点混乱啊。不过,杰维斯,感觉迷雾重重并非坏事,迷雾中一定存在一些价值。它就像相框一样,中间区域包着重要的东西,并将其与无关的东西分开。"

"您这话可真深奥，桑戴克。"我讽刺地说。

"我是这样认为的。"他又说。

"您能设法解释一下它的含义吗？"

"某人忽略了一个巧妙的具有哲学性的建议，却向眼光敏锐的评论家寻求真正意义，这种做法不太合理哦。顺便说一下，我今天下午要给你介绍一下摄影艺术。我得到了杰弗里·布莱克莫尔住在纽因期间的所有支票，总共二十三张，我要把它们全部拍下来。"

"我本以为银行的工作人员不会把这些东西交给别人呢。"

"他们确实不会。一个伙伴，布里顿先生，会亲自把东西带过来，并且我们拍照时他会在场，所以那些支票是不会离开他的视线的。但这已是很大让步了，要不是我为银行做过很多事，并且布里顿先生或多或少算是我的朋友，我是拿不到支票的。"

"不过，支票怎么会在银行？为什么没有按正常方式退回给杰弗里？"

"我从布里顿那里得知，"桑戴克回答说，"按照杰弗里的要求，他的全部支票都由银行保管。他过去旅行时常常把投资证券和其他贵重文件交给他的银行家监管，而且，由于他从未申请索回，就由银行家继续持有并监管至遗嘱被证明有效。那时银行家会把一切转交给遗产执行者。"

"拍这些支票有何目的？"我问。

"有几个目的。首先，照片要是拍好了就会和原件一样有效，有了照片也就相当于有了支票原件，可作为参考。此外，由于照片可以无限量地复印，所以可以拿它们进行实验，即便损毁了也无妨，而支票原件是不可以被损毁的。"

"但我是问终极目的，您要证明什么？"

"杰维斯，你可真是屡教不改。"他嚷道，"我怎么会知道我能证明什么？这是一项调查，如果我事先知道结果就不需要进行实验了。"

他看了看手表，我们起身时他说：

"要是谈完了，我们最好上楼去实验室看看，确保设备准备就绪。布里顿先生日理万机，既然他同意帮我们这个大忙，千万不能让他久等。"

我们上楼到实验室，博尔顿已经在忙着检查那台大型相机，它被放在一个钢轨上，可以滑动，整个体积几乎占了房间的一半，对面是化学工作台。因为马上要学习摄影艺术了，所以我比以往更认真地关注着它。

"自从您上次来后，我们已经做了一些改进，"博尔顿一边仔细地给钢轨上润滑剂一边说，"我们用这些钢轨取代了以前用的黑色木制导轨，而且又增加了一个比例尺，变成了两个。楼下的门铃响了，要我去开门吗，先生？"

"去吧，"桑戴克说，"但愿不是布里顿先生，我可不想他现在来了，发现我拖沓着还没准备就绪。"

然而，来者正是布里顿先生。他是一位轻松愉快、神情警惕的中年男子。他在博尔顿的陪同下走进来，由于事先知道我在，他进门后便亲切地与我握了握手。他带了一个小而坚实的手提包，一直紧紧抓着那个包，直到需要用包里的东西时才松手。

"那就是相机啊，"他好奇地打量着那台仪器说，"很棒，我多少也算一个摄影师，略懂一些。侧边的刻度是什么？"

"那些是表示放大或缩小程度的比例尺。"桑戴克回答说，"指针固定在架子上并与之一起移动，当然，它显示的是照片的实际尺寸。当指针指向 0 时，照片就会与被拍的原件尺寸相同；当指针指向，比如说 ×6 时，照片的边长会是原件边长的六倍，或者说原件的面积将被放大三十六倍。而如果指针指向 ÷6，照片的边长会是原件的六分之一的长，或者说其面积会被缩小为原件的三十六分之一。"

"为什么有两个刻度尺？"布里顿先生问。

"我们使用的两个镜头各有一个单独的比例尺。为了极大地放大或缩小，就使用焦距相对较短的镜头。但因为长焦镜头所呈现的画质更完美，我们也采用非常长的三十六英寸的焦距来进行同尺寸复制或微缩。"

"您要放大这些支票吗？"布里顿先生问。

"先不放大。"桑戴克回答说，"为了方便和快速起见，我先将照片缩拍一半大，这样就可以把六张照片放在同一版中，之后可以用底片进行随意放大，但我们可能只需放大签名。"

现在，那只宝贵的手提包打开了，二十三张支票均被取出，按照时间顺序依次摆放在长凳上。支票全部按每六个一批被胶带固定在小绘图板上，之所以没用图钉是以免在支票上留下针孔。

支票上的签名朝向中间位置。第一块板被夹在架子上，架子沿导轨滑动直至指针停在**长焦距** ÷2处，桑戴克借助博尔顿为此制作的一个显微镜进行对焦。布里顿先生和我通过显微镜查看了聚焦屏上的精美图像后，博尔顿向我们介绍了底片，并进行了首次曝光。他在换上下一批支票时为了冲洗底片而关闭了遮光板。

博尔顿在摄影技术方面和其他方面一样，都与他全力追随的导师相似，从来都是不急不慌，力求细致、精确、完美。当第一张湿漉漉的底片从暗房中拿出时，上面没有任何斑迹、污渍、划痕或针孔，色彩均匀，画质高清。底片上有六张支票，表面上看起来很小。虽然边长只缩减到一半，但看起来仍然如原件一样精细清晰。尽管如此，我能够仔细查看这些照片的机会相当小，因为博尔顿异常小心地把湿漉漉的底片放到了不易触及的地方，以防它受到损伤。

"嗯，"拍摄结束，布里顿先生将发票原件收回包中时说，"不管出于什么目的，您现在有二十三张我们的支票了，我希望您不要非法使用。我一定会让我们的出纳员时刻小心注意。并且，"这时他压低声音对我和博尔顿说，"你们知道这件事是桑戴克医生和我之间的私事。虽然布莱克莫尔先生已逝，没有理由拒绝将其支票拍照用于法律用途，但我们都不希望这件事宣扬出去，我和桑戴克医生都不希望。"

"当然不希望，"桑戴克强烈赞同，"但您请放心，布里顿先生。我这里的人都非常寡言少语。"

我和桑戴克送客人布里顿先生下楼时，他又将话题转回到支票上。

"我不明白你们想拿它们来做什么,"他问,"布莱克莫尔死亡案中的签名没有问题,对吧?"

"应该没有吧。"桑戴克回答得相当闪烁其词。

"我会说肯定没问题,如果我没有理解错马奇蒙的话,"布里顿先生说,"就算是有,我告诉你,这些签名也帮不上您。我已经非常仔细地查看过了,您知道,我这辈子看过不少签名。马奇蒙让我走个形式看一眼就可以了,但我不搞形式那套,我非常仔细地检查了那些签名。明显有一些变化,非常明显的一些。但是,在变体中仍可以认出个人的签名特征(这才是重要的)。杰弗里·布莱克莫尔的笔迹有微妙、难以形容的特质,但在专家的眼中依然可识别出哪些是他的笔迹。您明白我是什么意思。这种特质即便在有粗略的特征发生变化时仍然会存在,就像一个男人可能会变老、发胖或谢顶,或者是开始饮酒,会变化很大,但是他身上始终保留着某种特有的东西,让人能认出他就是一位特定家族的成员。我在所有那些签名中都发现了他的那种特质,如果您有足够丰富鉴定笔迹的经验,您也会发现。我认为最好跟您提一下,以防万一您可能给自己带来不必要的麻烦。"

"您真是太好了,"桑戴克说,"不用说,这些信息出自您这样的高水平专家之手,肯定极具价值。事实上您的提示对我来说非常有用。"

他和布里顿先生握了握手,随着布里顿先生的身影消失在楼下,他就回到客厅说:

"有一项非常非常重要的发现，杰维斯。我建议你仔仔细细全面地考虑一下。"

"您是指这些签名无疑是真的？"

"我是指布里顿的话中非常有趣的普遍真理，面相不仅仅是面部特征的问题。一个人的个体特征不仅表现在其容貌上，而且表现在引起其特征性动作和步态的神经系统和肌肉上，还表现在发出具有个体特色嗓音的喉咙、甚至嘴上，比如个体的讲话和口音特征。个体的神经系统，通过这些特征性运动将其特征转移到无生命的物体上，正如我们在图片、雕刻、音乐制作和书法中所见到的。没有人曾画得像雷诺兹或罗姆尼一样好，没有人曾演奏得像李斯特或帕格尼尼一样好。可以这么说，他们所画或所演奏的作品是艺术家神态的延伸。书法字迹亦如此，个体的特质是其大脑中的特定运动中枢的产物。"

"这些想法真有趣，桑戴克，"我说，"但我不太明白这对现在有什么用。您的意思是说这与布莱克莫尔案有什么特殊联系吗？"

"我觉得这与本案有十分直接的联系。在布里顿先生讲那些富有启发性的言论时，我就是这样想的。"

"我并不觉得怎样，其实我根本不明白您到底为什么要研究签名。遗嘱上的签名毫无疑问是真的，在我看来这也就解决了整件事。"

"亲爱的杰维斯，"他说，"你和马奇蒙都任由自己执着于特定的事实——我承认那是非常显著而重要的事实，但那只是一个孤立的事实。杰弗里·布莱克莫尔确实按正常程序设立了遗嘱，遵从所有必要的手续和条件。仅看到这种情况，你和马奇蒙就像老拳击手一样轻易退让认输了，那是极大的错误，永远不要让自己被单单一个事实吓住。"

"但是，亲爱的桑戴克！"我表示反对，"这个事似乎结束了。它涵盖了所有的可能性，除非您能提出可以驳倒它的可能。"

"我能提出一打，"他回答说，"举个例子，假设杰弗里一冲动立了份遗嘱而后又立即撤销了它，并另立了一份新的遗嘱，将新遗嘱交给某人，而那个人却秘而不宣。"

"您不可能真是这样认为的吧！"我嚷道。

"当然不是，"他笑着回答，"我只是举个例子，表明你最终的绝对事实只是存在于没有其他事实驳倒它的条件下。"

"您认为他有可能立了第三份遗嘱吗？"

"很有可能。立了两份遗嘱的人有可能立了三份或更多的遗嘱。但是目前我并没有发现有任何理由可以假设存在第三份遗嘱。我只是想让你牢牢记住必须要考虑周全所有事实，而不是只揪着最显眼的事实而忘记所有其他事实。对了，问你一个小问题，这些是什么东西？"

他在桌子上推过来一个小纸板盒，取下盒盖。盒子里装着一些非常小的碎玻璃片，其中一些已经拼黏在一起了。

"我猜，这些是我们在可怜的布莱克莫尔的卧室里捡的眼镜碎片吧？"我满心好奇地看着那小东西说。

"没错。你看到了，博尔顿一直在努力修复它，不管它是什么。但他并没有完全修复好,因为那些碎片太小又很不规则,而且我们捡回来的也不完整。不过,它已经是一个像样的由六块碎片拼成的样本了,可以很好地展现出它的一般特征。"

他拿出那个小小的不规则的东西递给我。我不得不佩服博尔顿竟然把这些小碎片拼凑得如此整洁利落。

我接过那个小修复品,把它举到眼前,前后移动着透过它看窗户。

"它不是透镜。"我最终开口。

"是的,"桑戴克赞同我的观点说,"它不是透镜。"

"所以它不可能是眼镜片。但它表面有曲度——一面是凸的,另一面是凹的——从仍然保留着原镜片边缘的那一小片,能看出它似乎为了适合框架而经打磨过,应该说这些是手表玻璃的一部分。"

"博尔顿也是这个观点,"桑戴克说,"但我认为你俩都错了。"

"您认为那是缩微模型或项链坠上的玻璃?"

"有可能,但我不那么认为。"

"您觉得是什么?"我问,但桑戴克没正面回答。

"我在问我博学的朋友这个问题的答案,"他带着恼人的笑回答道,然后又补充说,"我并没有说你和博尔顿是错的,我只是不同意你的观点。也许你最好记下这个东西的属性,当你深思布莱克莫尔案的其他数据时抽空儿再考虑一下。"

"深思总是让我回到原点。"我说。

"不能那样。"他回答说,"打乱那些数据,提出假设,哪怕那些假设看起来无厘头也没关系,不要因此将它们搁置一边。提出你第一个能想到的假设,通过掌握的事实检验它。你可能会不得不否定那个假设,但是你肯定会从中得到新的收获,然后重新尝试提出一个新的假设。你还记得我之前跟你讲过我刚开始在这一行实习时采用的方法吧?那时我有大把的时间。"

"不太记得。"

"为了研究和获得经验,我过去常常在闲暇时间虚构一些案例,大部分都是犯罪类的。比如我会设计一个巧妙的诈骗案,进行详细规划,并采取一切我能想得到的以免失败或被人侦破的预防措施,我考虑并精心准备每一个可想象的偶然事件。那时我就集中投入全部注意力,根据我掌握的知识和我的聪明才智,尽我所能使案件完美、安全而不被侦破。我在虚构的案件中的表现就好像我真的要实际执行一样,我的生命或自由取决于它的成功——我对整个计划的每一个细节都会——记下。然后,当我的计划近乎完善,我再也想不出可改进之处时,我就转而从侦探的角度来考虑它。我分析案件,挑出其固有的和不可避免的弱点,特别是我会记下特定类型的欺诈程序与模拟程序的不同之处。这种练习对我来说极有价值。我从那些虚构案例中获得的经验和从实际案件中获得的一样多,另外我学到了一种直至今日还在用的方法。"

"您的意思是您现在仍然虚构案例来锻炼思维?"

"不,我的意思是说,当我遇到一个错综复杂的问题时,我会虚构一个与事实和其中一方当事人的作案动机相符的案例。然后我就一直研究，直到案情大白或完全否定假设。在后一种情况下，我就驳倒它，再重新开始。"

"这种方法有些时候不是会浪费大量时间和精力吗？"我问道。

"不会，因为每次虚构的案例不能成立，就可以排除对一些事实的特定解释，缩小了调查范围。通过不断重复这个过程，你最终会建立一个符合所有事实的虚构案件，虚构案件其实就是真实的情况，问题也就迎刃而解了。建议你试一试这个方法。"

虽然我没对结果抱很大的期望，但我答应了他。我们的讨论也先暂且告一段落。

第十二章 头 像

桑戴克建议我培养的习惯并不容易养成。不论我多么尽力地打乱我脑子中的布莱克莫尔案的事实，总有一个场景不可避免地出现在一堆答案的最上面，持久地侵袭着我对案子的所有思考，那就是在门卫小屋里的那个场景。我竭力构想着一个可行的案例，尽管我的努力值得称赞，但那个场景不断出现在我的构思过程中，打乱我的思绪，使之立刻陷入一片混乱。

接下来的几天，桑戴克为一两件民事案件忙得焦头烂额，整个开庭期间他都一直在法庭上。回到家后，他似乎不愿意再谈论这些话题。与此同时，博尔顿也一直有条不紊地忙于带有签名照片的工作。为了获取经验，我就给他帮忙并观看他的操作方法。

现在，签名由原始尺寸（长度不到一英寸半）放大到了四英寸半长，这使得所有笔迹的细微特征都显而易见，可以看出前后笔迹表现出惊人的差异。最后，每张签名都装在一张标有数字和支票支取日期的卡片上，以便将任意两个签名放在一起进行比较。我仔细看了所有签名，非常细致地对比了差异明显的几张，但除了像布里顿先生所说的观点之外我没有任何发现。确实有一些细微的变化，但它们都非常相似，没有人会怀疑这些签名是出自同一只手。

显然这没有任何争议，它没能提供任何新信息。桑戴克的目的——因为我敢肯定他脑子里已有确定的答案——除了鉴定签名的真实性外肯定是要检测什么。那会是什么呢？我不敢问他，因为那种问题会激怒他，所以我什么没说，只能默默地等着看他会拿那些照片怎么办。

在我斯隆广场历险后的第四天早晨，所有照片都完成了，博尔顿送早餐时便把它们交给了桑戴克。桑戴克接过那包照片，脸上带着一副有点像桥牌玩家一样的神态，翻看照片。我注意到照片由二十三张增加到了二十四张。

"另外一张，"桑戴克解释说，"是马奇蒙那里的第一份遗嘱的签名。我把它加了进来，因为它是更早的笔迹。第二份遗嘱的签名可能和那些支票出自相近的日期。但那不重要，如果重要的话，我们可以提出要求检查第二份遗嘱。"

他按照日期顺序把卡片摊开在桌子上，目光慢慢地扫视了一遍所有照片。我紧紧注视着他，然后冒昧地问：

"您是否同意布里顿先生关于整套签名中都有着布莱克莫尔典型特质的观点？"

"是的，"他回答说，"我当然认为它们都是同一个人的签名。字迹变化很小。后来的签名有点僵硬、略微颤抖、模糊，签名中的B's和k's都与之前的那些签名有很大区别。但是当把所有照片放在一起看时，我又发现了一个惊人和重要的事实，令我惊讶的是布里顿先生居然没有提到。"

"真的吗?"我附和道。我很乐意带着新的兴趣去审视那些照片。"是什么?"

"非常简单也非常明显,但正如我所说,非常重要。仔细看第一张签名,它是三年前的第一份遗嘱的签名。把它和第三张去年九月十八日的签名对比一下。"

经过仔细的对比后,我说:"在我看来,一模一样。"

"我看也是,"桑戴克说,"从那两张照片中都没有看出后期的签字风格。但是如果你看九月十六日的第二张签名,则会发现是后期的风格,九月二十三日的第四张也是。但十月初的第五、第六张都是早期的风格,和遗嘱的签名一样。之后所有签名都是后期风格。但是,如果比较去年九月十六日的第二张和今年三月十四日的,也就是杰弗里去世那一天的第二十四张签名,可以看出它们之间没有任何区别,都是后期风格,最后一张与第二张之间没有明显变化。你不认为这些事实非常醒目、非常重要吗?"

我思考了一会,试图弄清楚桑戴克想让我领会的深层含义,可我还是想不太明白。

"您的意思是说,"我说,"先前样式的偶尔变化暗示着一些重要的含义?"

"是的,但不止于此。查看了所有照片可以得知:签名的特征发生了变化,很细微,但非常明显。变化既不是不知不觉循序渐进的,也不是逐步明显的,它发生在一定的时间。起初有一到两次是先前的风格,但第六张照片之后就都是后期风格。我们可以注意到，字迹的变化并没有随着时间的推移而更加明显，没再发生任何变化，没有中间过渡的形式。其中一些签名是早期风格，一些是后期风格，但没有新老掺半的。我要强调的是：我们这里有两种风格的签名，非常相似，但是可以区分。它们交替出现，但没有彼此融合形成过渡的风格。变化发生得很突然，但随着时间的推移没有越来越明显的变化，它不是循序渐进的。你怎么看，杰维斯？"

"的确如此，"我仔细研究着那些签名来验证桑戴克的话，"我不太清楚它能说明什么。如果这些情况表明伪造，人们会怀疑其中一些签名的真实性。可是没有，对于第二份遗嘱，布里顿先生对签名的观点没有受到任何人的质疑。"

桑戴克说："对于签名特征的变化肯定还有某个解释，而且那个解释并不是笔者视力变差。因为视力减退是持续逐步加重的，而字迹的变化确是突然发生的，并且是间歇性的。"

我思考了一会儿桑戴克的话，然后脑子好像闪过一个想法——虽然不是很清晰。

"我想我知道您的意思，"我说，"您的意思是笔者字迹的变化肯定与某个影响他的新情况有关，而且那个情况是间歇性出现的，对吗？"

桑戴克点点头表示认同，我继续说道："我们所知道的唯一间歇性的情况就是鸦片的影响，那么就可以认为清晰的签名是杰弗里在正常状态下签的，而略模糊的是他吸食鸦片后签的。"

"这个推理完全合理，"桑戴克说，"能得出什么进一步的结论吗?"

"这表明他吸食鸦片习惯是最近才养成的,因为字迹的改变只是大约在他搬去纽因生活时才发生的;而且由于字迹的变化起初是间歇性的,后来才是连续性的。由此可以推断他最初吸鸦片只是偶然的,后来才养成了固定的习惯。"

"非常合理的结论,而且阐述得非常清楚,"桑戴克说,"但是我并不完全赞同你的观点,或者说我认为你没有挖尽这些签名中暗含的信息,不过你已经开始朝着正确的方向走了。"

"我或许上了正道,"我郁闷地说,"但是我在一个地方卡住了,没有任何进展。"

"但是你掌握着一定的数据,"桑戴克说,"你具备我破案需要的所有事实,我就是从那些事实中构建了我现在正忙着验证的假设。我现在还有一些数据,就像'钱生钱',知识会生成新知识。咱们来列出我们共同掌握的事实,看看它们能提供什么信息吧。"

我热切地赞成这个提议,尽管我已经再三研究过我的笔记了。

桑戴克从抽屉里拿出一张纸,拔下他的钢笔帽,开始写下主要事实,每写完一条就大声读出来。

1. 第二份遗嘱是没必要的,因为没有添加新的内容,没有表达新的意图,而且没有设立新的条件,况且第一份遗嘱已经表述得相当清楚并具有法律效力。

2. 立遗嘱人的意图明显是把他的大部分财产留给史蒂

芬·布莱克莫尔。

3. 在既有的情况下，第二份遗嘱依然使第一份遗嘱中的意图生效。

4. 第二份遗嘱的签名与第一份的略有不同，也与立遗嘱者此前平时的签名不同。

"现在来看这一组奇怪的日期，我建议你仔细思考它们。"

5. 威尔逊太太去年九月初就立下了遗嘱，而且没有告知杰弗里·布莱克莫尔，所以他似乎并不知道这份遗嘱的存在。

6. 他的第二份遗嘱的日期是去年十一月十二日。

7. 威尔逊太太今年三月十二日因癌症病逝。

8. 杰弗里·布莱克莫尔生前最后一次露面是三月十四日。

9. 他的尸体于三月十五日被发现。

10. 他的签名字迹变化大约始于去年九月，然后从十月中旬起开始保持同样的样式。

"你会发现我们收集的事实值得仔细研究，杰维斯，特别是当把它们与其他数据联系到一起时。"

11. 我们在布莱克莫尔的房间里发现了一个很大的倒挂的装裱了的铭文，还有一些似乎是手表的玻璃碎片和一盒蜡烛，以及其他一些东西。

他把那列好条目的张纸递给我，我集中所有精力全神贯注地仔细研究着它。可是，尽管我很努力，也无法从那一大堆明显不相干的事实中推出一个大致结论。

"嗯？"桑戴克饶有兴趣地注视着我的一番努力后说，"你有什么想法?"

"什么都没有!"我把纸摔在桌子上,绝望地嚷道,"当然,我能看出其中有一些奇怪的巧合。但是他们与这个案子有什么关系呢?我很清楚您想推翻这份遗嘱,我们都知道它是在没有受到任何强制或甚至是他人建议的情况下签署的,它是在两位得体可敬的人面前签署的,那两人已经发誓保证了文件的真实性。我猜,那是您的目的吗?"

"当然是。"

"如果那是你真正的目的,我就悬梁自尽算了。我不得不说,面对一堆含糊的巧合,任何人的脑子都会乱成一团,只有你却还能保持思路清晰。"

桑戴克轻轻地笑了,没有接着我的话题聊。

"把那张纸和你文件夹中的其他笔记放在一起,"他说,"有空的时候好好想想。现在我要你帮点小忙。你记忆面孔的能力好吗?"

"我自认为相当好,怎么了?"

"因为我有一个男人的照片,我想你可能见过他。你看一看,如果记得的话告诉我。"

他从早上寄来的一个信封中拿出一张与之大小相当的照片递给我。

"我肯定在哪儿见过这张脸,"我把那张肖像对着窗户举起来仔细地看着说,"但是我现在记不得是在哪里了。"

"使劲想想,"桑戴克说,"如果你之前见过,就应该能想起那个人。"

我仔细地看着照片，越看越觉得熟悉。那个男人突然闪现在我脑海，我惊讶地大叫道：

"不会是肯宁顿的那个可怜人，格雷夫斯先生吧？"

"有可能会，"桑戴克回答说，"而且我认为就是他。但是你能在法庭上保证就是他吗？"

"我坚信照片上的人就是格雷夫斯先生，我敢保证。"

"不要过分保证，"桑戴克说，"证明身份的事一直都是观点或信念的问题。凭着记忆就无条件地保证能认定某个人的身份，只能说明此人证据不可信。你只需保证你的证词就足够了。"

不用说，这张照片让我的内心充满惊奇和好奇，我想知道桑戴克是如何得到这张照片的。但是，由于他冷冷地把照片装回了信封，没有主动解释什么，我觉得我不能直接问他。不过，我委婉地冒险问了个贴近的话题。

"您从达姆施塔特的人那里得到什么信息了吗？"我问。

"施尼茨勒？是的，我通过官方认识的媒体得知他们并不认识H.韦斯医生。他们对他一无所知，除了他曾经从他们那里订购并得到过一百克纯吗啡盐酸盐。"

"一次性全部？"

"不是。分散在四个袋子里，每个二十五克。"

"您对韦斯的了解就这些？"

"就这些。但是基于非常坚实的理由，我怀疑的可不止如此。对了，你对车夫有什么看法？"

"我没太在意他，怎么了？"

"你从未怀疑过他和韦斯是同一个人吗？"

"没有。怎么可能呢？他们两个一点都不像。一个是苏格兰人，一个是德国人。难道你知道他们两个是同一个人？"

"我只知道你跟我讲过的事。但你想一想，你从来没有同时见过他们两个，韦斯跟你在一起时，那个车夫从来都不在，他不能送信或帮忙。韦斯总是在你到了一段时间后才出现，并在你离开前一段时间就消失了。我认为他们可能是同一个人。"

"不太可能。他俩的外表有很大区别。但假设他们是同一个人，这个事实有什么意义吗？"

"这意味着我们可以不用麻烦寻找马车夫了，并且由他能得出一些推论，如果你仔细想想这事，你就会明白。但这只是一个猜想，目前从中推断出很多信息是不可靠的。"

"您真是让我大吃一惊，"我说，"看来您已经在忙于肯宁顿案了，而且我想您的工作大有成效。我本以为您的全部注意力都在布莱克莫尔案子上呢。"

"没有，"他回答说，"一个人的注意力不可以被任何一个案件完全占据。我现在正在处理另外六件案子，大多都是小案子。你以为我之前是建议将你无限期地关在家里？"

"嗯，没有。但我以为肯宁顿案要等一等呢。而且我不知道您掌握了这么多事实以至于可以进一步研究这个案子了。"

"但是你知道有关这个案件的所有重要事实，而且你看到了我们从那所空房子里找到的其他证据。"

"您是指我们从炉箅下面的垃圾中捡出来的那些东西吗?"

"对。你看到那些奇怪的芦苇秆和那副眼镜了。它们正放在柜子的顶层抽屉里,我建议你再看一看。对我来说它们具有很大启发性。那些芦苇秆暗示了一条非常有价值的信息,而那副眼镜让我检验了那条暗示,并变成了真正的信息。"

"不幸的是,"我说,"那些芦苇秆对我来说毫无意义。我都不知道它们是什么,或者它们是构成什么东西的一部分。"

"我认为,"他回答说,"如果你适当考虑、仔细检查,就会发现那些芦苇秆的用途非常明显。好好研究一下芦苇秆和眼镜。仔细想想住在那所房子里的那群神秘人,看看你是否能把他们的行为联系在一起,串成一条连贯的合乎逻辑的线。再想想我们是不是还缺少一些信息,通过那些信息就可以确定一些人的身份,从而推断出其他人的身份。你会享受安静的一天,因为我要到晚上才回家。投入这个任务中吧,我保证你已经拥有了可以确定或可以检验他们当中至少一个人身份的资料。系统地浏览一下你的材料,晚上告诉我下一步要调查的内容。"

"好的,"我说,"按照你的话来做,应该会解决问题。我会重新梳理一下韦斯先生和他病人的事,布莱克莫尔案就顺其自然吧。"

"没有必要那样。你有一整天时间呢。花上一个小时用心仔细考虑肯宁顿案,你应该就知道下一步该做什么了。然后你就可以投入杰弗里·布莱克莫尔的遗嘱中了。"

给了我这最后一条建议后,桑戴克收好他今天工作需要用的文件,放进公文包,匆匆离开,留下我一个人冥思苦想。

第十三章　塞缪尔·威尔金斯的陈词

我独自一人开始调查，尽管心里对能发现一些意外惊人的信息不抱什么希望。我拉开抽屉，取出芦苇秆和碎眼镜片放到桌子上。桑戴克之前打算修复眼镜却还没有动手，显然没有必要。我们发现的这些破碎严重的残片就摆在我面前，它们肯定能提供重要的信息。桑戴克已经有了格雷夫斯先生的肖像，说明他目前已确定了格雷夫斯的身份，肯定会与熟识他的人取得联系。

目前的情况本该让我觉得欢欣鼓舞，但不知怎的并没有。从理论上讲，桑戴克能做到我也能做到，或者任何其他人也能做到，但实际上我没能做到。人与人之间存在着个体差异。桑戴克的大脑不是普通人的大脑，在别人看来互不相干、没有意义的事物，他却能立刻觉察到其间的联系。我一再注意到，他的观察力和快速推理能力几乎不可思议，并且总是带着分毫不减的奇迹。他似乎能对一切事物一目了然，还能立即看透所见事物的本质。

眼前这个案件就是一例。我看过他所看过的一切，实际上我比他看得更多。因为我亲眼见过那些人并目睹了他们的所作所为，而他却未曾亲眼见过任何一个人。我查看过他小心翼翼收起来的一小堆垃圾，要不是有他，我就会毫无顾虑地将垃圾丢回壁炉下面。在那谜云之中我感觉不到一丝光亮，也摸不到一丝寻找答案的方向。而桑戴克却以某种不可思议的方式将我甚至没有察觉到的事实拼凑起来，并且拼凑得很完整。在那短短的几天时间内，他已经把调查范围缩至很小的区域。

我的思绪回到了桌子上的东西。我了解一些有关眼镜的专业知识，所以那副眼镜对我来说并非多么深奥的谜。根据一副眼镜可以很容易确定一个人的身份，这一点我很清楚。眼镜不是随随便便从一家店里买的现成的，而是由技艺高超的配镜师为矫正特定视力缺陷以及适应特定脸型而专门配制的。我眼前的这副眼镜就是这样。它的框架构造很特别，它有一片柱面透镜，我可以很容易从残余的碎片看出来，表明是由一块玻璃切割成了规定的形状，而且几乎可以肯定它被打磨成了特定度数，并且两只镜片间的轴距肯定很仔细地确定过，因此这副眼镜可以反映出个人特质。但显然不可能询遍欧洲所有的配镜师，因为那副眼镜不一定是英国制造的。那副眼镜可能在确认身份方面有一定的价值，但作为破案的出发点则可能完全没用。

我的注意力从眼镜转向芦苇秆，就是它们打开了桑戴克的思路，我能从中得到指引性的提示吗？我看着那两根芦苇秆，想知道桑戴克从中悟到了什么。那一小片红色的纸标签上有一条深褐色或浅黑色的饰有回纹的边，上面有几个小金点，就像贴金用的金箔纸上的金粉，但我没有从中得到什么信息。那根较短的芦苇秆被人为挖空了，以适合较长的那根，它显然形成了一个保护性的鞘或帽。但它是用来保护什么的呢？大概是保护某种尖或边。可能是小刀吗？比如说小模具刀。不，这种材质做刀柄太脆弱了。同样的原因，它也不可能是刻刀的鞘，也不可能是放手术器械的，至少我没见过这类手术器械。

我一遍又一遍地绞尽脑汁去想，终于有了一个绝妙的想法。它是不是一支笔尖坏掉了的芦秆笔？我知道喜欢用"粗线"勾边的绘图员现在仍然使用芦秆笔。他们当中有人是绘图员吗？很有可能，我越想越觉得有可能。绘图员在作品中的签名通常很清晰，即使不用签名，就算使用设备印上名字，也很容易就能追查到其身份。格雷夫斯先生会是插图师吗？桑戴克是否就是通过查找所有著名粗线绘图员的作品来确定他身份的？

那天剩余的时间我脑子里一直在想这个问题。我的解释似乎与桑戴克的描述不符，但我想不到别的答案。我独自吃午餐时又翻来覆去想了一遍，下午我拿着管子又冥思苦想一番，喝了一杯茶头脑清醒后，出门到律师院的花园中散步，又重新思考了一番，花园没有超出我的禁足范围，是可以去的。

结果还是令人失望。我的推理以一个假设为基础，假设那些芦苇秆是一个用于特定工艺的器具的一部分，但它们可能属于一种完全不同的工艺或根本就不是工艺的一部分。不管怎样，它们都没有指向任何一个已知的人或给出任何暗示，只有含糊不清的搜索。我休闲地散了两个小时的步，回房间，到时掌灯人刚好要离开。

猜测无果让我有些烦躁。我走近房子时，突然注意到窗子里亮起灯来，以为是桑戴克回来了。我打算催他再多给我提供一些信息。可是，当我进入房间，发现那人并不是我的同事，而是一个完全的陌生人时，我只是瞥了一眼背影，便感到失望和郁闷。

那个陌生人坐在桌边读着一份看起来像租约的文件。我进屋时他没有任何反应，但是当我穿过房间跟他打招呼说"晚上好"时，他半起身默默地微微鞠了一躬。那时我才第一次看到他的脸，我大吃一惊。有那么一刻，我真的以为他就是韦斯先生，他们看起来实在太像了，但是我立刻察觉到他长得比韦斯瘦小得多。

我坐在几乎是他对面的位置上，偶尔偷看他一眼。他与韦斯长得太像了，同样的亚麻色头发、同样蓬乱的胡须和类似的红鼻头，痤疮从酒糟鼻一直长到旁边的面颊上，同样戴眼镜。他时不时地透过眼镜快速瞥我一眼，然后又立刻低下头看他的文件。

经过一阵尴尬的沉默，我冒昧地开口说"这个夜晚真不错"。他带着一点苏格兰口音"嗯，嗯"了两声，慢悠悠地点了点头应和我。然后又是一段沉默，那时我猜他可能是韦斯先生的亲戚，纳闷他在我们这到底干吗。

"您与桑戴克医生有预约吗？"我终于开口问道。

他严肃地鞠了一躬，然后如我所料又那样"嗯"了一声，给了我一个肯定的答复。

我狠狠地看着他，对他的没礼貌有点不悦。随后他把那份文件打开并立起来遮住自己的脸。当我看着那份文件的背面时，我惊讶地发现它正在快速抖动。

那个家伙其实在大笑！我实在想不出我身上有什么让他笑成

那个样子。但是颤抖的文件让我毫不怀疑他正出于某个原因而大笑不止。

这件事极其神秘,也相当尴尬。我拿出文件夹开始看笔记,这时他把手中的那份文件放低了,这样我就又能看到眼前那个陌生人的脸了。他真的像极了韦斯,蓬乱的眉毛遮着眼窝,再加上戴着眼镜,和肯宁顿的那位一样,同样神情严肃,一脸精明。对了,这与我刚刚所目睹的轻浮行为非常不符。

我不时地看他,他恰巧与我四目相对,然后立刻躲闪目光,脸变得通红。显然,他是一个容易紧张、害羞的人,这可能也是他偷笑的原因。我注意到,易害羞或紧张的人惯于不合时宜地微笑,甚至与他人目光相对时,会感到尴尬并咯咯发笑。我眼前的这个人似乎就是这样,因为当我看他时,他手中的文件又突然立起来并开始猛烈地抖动。

忍了一两分钟后,我发现这个情况实在令人难堪,于是我忍无可忍,便起身,突然跟他告辞离开了。跑到楼上的实验室想问博尔顿桑戴克什么时候回家,然而令我吃惊的是我进门时发现桑戴克正在安装一个显微镜标本。"你知道楼下有人在等你吗?"我问。

"你认识吗?"他问。

"不认识,"我回答说,"是一个红鼻子、戴着眼镜、偷偷傻笑的傻瓜。他手里有一份租约或契约还是其他什么的文件,一直拿着它玩愚蠢的躲猫猫游戏。我实在忍不了了,就上楼来了。"

桑戴克听了我的描述后开怀大笑。

"你笑什么?"我酸酸地问道。听了这话他笑得更厉害,眼泪都笑出了。

"我的朋友似乎给你添麻烦了。"

"他确实把我惹火了。我要是再待一会儿就要暴打他的头了。"

"要是那样的话,"桑戴克说,"很高兴你没再待下去。下楼,让我来给你介绍一下。"

"不,谢谢了,我已经受够他了。"

"但我之所以想把他介绍给你是有一个很特殊的理由。我想他会告诉你一些你非常感兴趣的信息。你没必要因为一个人性情欢快而和他争吵。"

"欢快死了!"我大声说,"那种欢快表现得像个咯咯笑的白痴。"

桑戴克对我的话没作任何回答,只是赞赏地大笑了一下,然后我们两个就下了楼。到了房间,那个陌生人起身尴尬地来回盯着我们两个看,然后突然忍不住窃笑起来。我严厉地看着他,而桑戴克却对他的无礼行为不为所动。桑戴克严肃地说:"让我来介绍一下,杰维斯,虽然你之前已经见过这位先生了。"

"我可不那么认为。"我冷冷地说。

"哦,不,您见过我了,先生。"那个陌生人插话进来。他一开口我便惊到了,因为那个声音异常地像我所熟悉的博尔顿的声音。

我突然怀疑地看着那个讲话者,现在我看出他那亚麻色的头发是假发，胡须也明显是假的，眼镜后的那双眼也相当像我们那位总管的眼睛。但是那痘痘丛生的脸、圆圆的鼻子，和上面那对儿乱蓬蓬的眉毛却与我们那位精致儒雅、有贵族仪表的助理特征不符。

"这真的是个玩笑吗？"我问。

"不，"桑戴克回答说，"这是一个示范。今早谈话时，我发现你并没有意识到在适当的光线条件下可以隐藏身份，所以我在博尔顿极不情愿的帮助下，设计了这场骗局，来让你眼见为实。这里的条件对于隐藏身份并不利，却使得这场示范更具说服力了。房间光线非常好，博尔顿的演技也差极了，尽管如此，你还是成功地被骗得在他对面坐了好几分钟，看着他，而且毫无疑问地非常仔细地看着他，却没有发现他的真实身份。如果房间里只点着蜡烛，博尔顿很好地伪装声音和仪态，那么这场骗局就会近乎完美。"

"我能看出他戴着假发，非常明显。"我说。

"是的，但在光线昏暗的房间里你是看不出来的。但如果像博尔顿这样中午走在福利特街，他的化妆对任何一个会观察的路人来说都明显可疑。化妆的秘诀在于要善于调整人看妆容的光线和距离。浓浓的舞台妆在普通房间里看起来会很可笑，同样，有灯光照明的室内妆容若是放在户外的日光下看起来也会很可笑。"

"有没有某种妆容在户外的普通日光下也让人看不出来？"我问。

"噢，有的。"桑戴克回答说，"但肯定与舞台妆的程度完全不同。假发和胡子，尤其是大小胡子，必须不留痕迹地与头发连接在一起，也就是要用透明胶粘在皮肤上并精心修剪。眉毛也同理；肤色的改变必须处理得微妙，博尔顿的鼻子是用假发胶垫起来的，脸上的粉刺也同样是用那东西做成的小痘痘。肤色大体上都是涂了油彩，然后轻轻擦了些粉来遮住油彩的光泽。户外的化妆可以这样做，但必须做得极其仔细精致，也就是要做到艺术评论家所谓的'含蓄'淡妆，妆太浓会要命的。你要是看到改变鼻子和整体面部特征需要多少胶一定会很吃惊。"

这时传来一阵很响的敲门声。博尔顿似乎从那重重的敲门声中辨出了来者，因为他突然惊叫道："上帝啊！先生，是威尔金斯，那个车夫！我把他的事忘得一干二净了。怎么办？"

他有点害怕地盯着我俩看了一会儿，然后摘下假发、假胡须和眼镜塞进柜子，匆匆躲到桑戴克身后。即使在桑戴克看来，博尔顿现在这副样子也太夸张了，因为他现在虽然外表上已经恢复了原貌，但实质上却与平常有很大差异。

"哦，没有什么可笑的，先生。"我用手帕捂起嘴笑时，博尔顿愤怒地嚷道，"谁快去给他开门啊，不然他就走了。"

"那可不行。"桑戴克说，"不过不用担心，博尔顿，我去开门，你先进办公室。"

但博尔顿似乎不想这么做，因为他只是在他上司的身后犹豫地徘徊着。门开了，一个粗哑的声音问道：

"这里住着一位叫博尔顿的先生吗？"

"是的，没错。"桑戴克说："请进。我想您叫威尔金斯吧？"

"是我，先生。"那个声音说。听到桑戴克的邀请，那位有着马车夫典型大嗓门的先生手里拿着件斗篷，脖子上吊着个徽章，走了进来，眼神中混杂着尴尬和轻蔑，扫视了一周房间，目光突然落在博尔顿的鼻子上，非常奇怪地盯着看起来。

"您来了。"博尔顿紧张地说。

"是的，"马车夫语气中略带敌意地答道，"我来了。你想找我干什么？哪位是博尔顿先生？"

"我是博尔顿先生。"我们窘迫的助理说。

"嗯，我要找的是另一位博尔顿先生。"车夫的眼睛仍然盯着博尔顿脸上那只显眼的鼻子说。

"没有别的博尔顿先生了，"我们的下属没好气地回答说，"我就是在庇护所跟你讲话的人。"

"你就是吗？"车夫说，他明显对此感觉不可思议。"真有点让人怀疑。你想让我干什么？"

"我们想让你，"桑戴克说，"回答一两个问题。第一个问题是，你是滴酒不沾的人吗？"

这个问题实际是问他是否想喝一杯，车夫有点放松了，不再拘谨。

"可以喝点。"他说。

"那你坐下来自己调制一杯格洛格吧，要加苏打水或纯净水吗？"

"也可以都来一些。"车夫回答道，说着便坐下来抓起酒瓶，一副颇有架势的样子。"加点苏打水，我更习惯这样。"

一切按车夫的要求准备后,博尔顿默默溜出了房间。车夫畅饮了一番那异常古怪的混合物,我们的考核便开始了。

"你的名字,我想,是威尔金斯吧?"桑戴克说。

"是的,全名是塞缪尔·威尔金斯。"

"职业是……"

"非常烦人累人却又收入不多的活儿。我驾驶一辆出租马车,先生,一辆四轮出租马车。非常糟糕的工作。"

"你记得大概一个月前的一个大雾天吗?"

"我怎么会不记得,先生!那可真是个糟糕可憎的一天!星期三,三月十四日。我记得那个日期,那天早上互助会的人因为我欠账而找到了我。"

"你能告诉我们那天晚上六点到七点之间发生了什么吗?"

"可以,先生。"车夫答道,随即大口吞尽了杯中的酒,似乎是为了提提神。"快六点时我在国王十字火车站的北站出站口等客,一位先生和一位女士走了出来。那位先生打量了一圈后看到了我,就朝我的马车走来,然后打开门扶着那位女士上了车。他问我:'你知道纽因旅馆吗?'那就是他对我说的话,我可是在德鲁里街白马巷出生长大的。'上车吧。'我说。

"'那么,'他说,'你走威奇街的大门。'他似乎希望我从霍顿街上路,然后沿台阶走,'然后,'他说,'一直差不多走到头,有一所房子,门口的拐角处有一块大黄铜板。我们在那里下车。'然后他跳进车里拉起窗户,我们就出发了。

"因为大雾,我不得不下车牵着马走一段,结果走了整整半个小时才到纽因。车走到拱门下时,我看了一下门卫里的钟是六点半。我把车驶到差不多旅馆的尽头,停在了一个门口有块大黄铜板的房子对面,是31号。那位先生从车里出来,给了我五先令和两个半便士,然后他扶着那位女士下了车,之后他们就朝门口走去。我看见他们走得非常慢,像《天路历程》里的朝圣者一样慢。那是我最后一次看到他们。"

桑戴克将自己的提问连同车夫的话一字不差地记了下来,然后问道:

"你能给我们描述一下那位先生吗?"

"那位先生虽然个子有点矮,但看起来非常得体可敬。"威尔金斯说,"那天天气不好,可他做得很得体,他知道在那样一个大雾天的晚上车费应该是什么价钱,他付给我的车费比我应得的要多。他大约六十岁,戴着眼镜,但似乎也看不太清东西。他的样子看起来很好笑,从背后看起来圆得像乌龟一样,他走路时脖子向前抻着,像鹅一样。"

"你为什么认为他喝酒了?"

"嗯,他脚下不那么稳。但他没有喝醉,你知道。他只是走路有点晃。"

"那位女士呢,她怎么样?"

"对她,我看到的不多,因为她头上裹着一条羊毛头巾,不像不正当的女人。她和那位先生年龄差不多,但我不能确定。她脚下似乎也有一点不稳,他俩看起来都像是喝多了。我看着他俩摇摇晃晃地穿过过道上了楼,互相搭着肩膀,他透过眼镜看路,她透过头巾看路。我觉得他俩挺幸运,找了一辆很好很靠谱的车和一个驾车很稳的车夫,把他俩安全送回了家。"

"那位女士什么打扮?"

"这个我不在行,说不太准。她的头用头巾围到上面这里,就像是用布包着的一个布丁,她还戴了一顶小帽子,穿了一件深褐色带着串珠边儿的披肩,她在车站上车时我注意到她的一只袜子看起来像手风琴的波纹管。我只能告诉你这么多了。"

桑戴克记下了最后一份回答,大声读了整份谈话记录后把笔递给那位访客。

"如果这些内容都没有问题,"他说,"请你在下面签字。"

"你想让我立一份宣誓口供保证这一切都是真的?"威尔金斯问道。

"不,谢谢,"桑戴克回答说,"如果我们给你打电话让你出庭作证,那时你需要宣誓保证,你出庭也会得到报酬。现在我想让你保守这个秘密,不要对任何人讲你来过这里。我们必须再问你一些问题,而且这事不得外扬。"

"我知道,先生。"威尔金斯一边费力地在那份陈词下面签名一边说,"你不希望其他各方盯上你。没问题,先生,你可以相信我。我很机灵的,真的。"

"谢谢,威尔金斯。"桑戴克说,"今天麻烦你跑来,我们需要付你多少?"

"先生,我会告诉你费用的。你清楚这些信息值多少钱,但是我想半镑金币对你来说不多。"桑戴克往桌子上放了几枚金币,车夫看到钱，眼睛直放光。

"我们有你的地址，威尔金斯。"他说，"如果我们想让你做证人时，会通知你；如果不需要，两个星期后还会再给你两镑，但条件是你不能将我们见面的事泄漏出去。"

威尔金斯高兴地收起了他的好处费。"相信我，先生，"他说，"我肯定能管好我的嘴。我知道怎么做是有利的。晚安，先生们。"

带着深切的敬意，他朝门口走去，离开了。

"嗯，杰维斯，你怎么想？"随着车夫的脚步声渐渐消失，桑戴克问道。

"我不知道该怎么想。这个女人是案子里的新因素，我不知道该拿她怎么办。"

"不完全是新的，"桑戴克说，"你还记得我们在杰弗里的卧室里发现的那些串珠吗？"

"嗯，我没忘。但是除了显然在某个时间有某个女人曾在他的卧室里之外，我没看出那些串珠还能说明什么。"

"这就是那些珠子告诉我们的信息啊，它们表明某个特定的时刻有个特定的女人在他的卧室里，这很重要。"

"是的。他自杀时，她应该在那里。"

"是的，很像。"

"对了，你对串珠颜色的判断是正确的，用途也是。"

"那些串珠的用途只是一个猜测，但现在证明猜测是正确的。我们发现了那些小串珠真好，因为虽然它们所能提供的信息量很小，但还是足以让我们进一步调查。"

"怎么会呢？"

"我的意思是，车夫的证词说明只有这个女人进过房子。串珠说明她到过卧室，正如你所说，这似乎在某种程度上把她与杰弗里的死联系在了一起。当然，不一定，这只是一个推测，但的确是一个在特殊情况下相当有力的推测。"

"即使如此，"我说，"这个新事实在我看来远远不能解开谜团，它只不过是一个又加深了神秘性的新元素。在我们的问话中，门卫的证词毫无疑问表明杰弗里考虑过自杀，他的准备工作显然表明那个特定的夜晚是他选择的自杀时间，不是吗？"

"当然，门卫的证词在那一点上很清楚。"

"我看不出这个女人的作用。很明显，她在这种场合下，在这些奇怪而秘密的情况下出现在旅馆，特别是卧室，让人感觉相当不祥。但我还是看不出她能与这起悲剧有什么联系。也许，她根本就与此案毫无关系。您记得杰弗里是大概八点钟去门卫付租金并和门卫聊了一会的吧。似乎那时那位女士已经离开了。"

"是的，"桑戴克说，"但另一方面，杰弗里跟门卫提到的马车的事与我们从威尔金斯嘴里得到的信息不太相符。但威尔金斯刚才所说的话表明那个女人去他的房间，肯定有秘密。"

"您知道那个女人是谁吗？"我问。

"不，我不知道。"他答道，"很难确定她的身份，但我在收集信息。"

"您是从某个新发现中开始怀疑有秘密在，还是从我知道的事实中推断出来的？"

"我想，"他答道，"我知道的事你都知道，但我有我的猜测，而且通过进一步调查验证了自己的假设。你对这个女人的身份也应该能有点自己的想法呀。"

"但这整件案子中没有涉及过女人。"

"没有。尽管如此，我想你应该能猜出她的名字。"

"能吗？那我开始怀疑我不适合做法医了，因为我没从中看出丝毫迹象。"

桑戴克慈爱地笑了。"不要气馁，杰维斯，"他说，"我估计你第一次查病房时，大概会怀疑自己是否适合做医生。反正我当时是那样。从事特殊工作的人需要具备专业知识和可以发挥知识的能力。一个二年级的医学院学生能从一个小的胸部主动脉瘤中得知什么？他知道胸部的构造，他开始了解正常的心跳声和浊音区，但他还不能将各种知识结合在一起。而经验丰富的医生也许不需要任何检查，只是听病人说话或咳嗽就能做出全面的诊断。但当他是个学生时，也是那样。他是在长期的工作经验中获得了将书本和实际联系在一起的能力，可以迅速地判读出病情。以你之前的训练，很快就能掌握那种能力。试着去观察一切，眼睛不要放过任何东西，并且不断设法去发现一些看似不相关的事实和事件之间的联系，这就是我的建议。我们现在先把布莱克莫尔案放一放，今天的工作到此结束。"

第十四章　桑戴克"布雷"

迄今为止，塞缪尔·威尔金斯先生所提供的信息远远没能驱散笼罩在布莱克莫尔案上的疑云，反而令我感觉整个案件更加扑朔迷离。桑戴克建议我做的事情是所有问题中的最大难题。他说我能够确定这个神秘女人的身份并猜出她的名字。可我怎么能呢？除了威尔逊夫人之外没有任何女人与此案件相关。这个新的"戏剧角色"突然从天而降又直接消失，除了在杰弗里的房间里捡到的两三颗珠子之外没有留下任何痕迹。

如果说她在这场悲剧中发挥了某种作用，可她是在哪部分发挥的作用却极不明朗。和她出现前一样，事实依然明显表明他是自杀。杰弗里反复暗示他的意图和他所做的充分准备足以否定谋杀的可能性。但那个女人在那个时候出现在房间，她到来的秘密方式和防止被人认出的预防措施，显然表明随之而来的可怕事件是有预谋的。

在那看似自杀的案件中会有什么预谋呢？那个女人有可能给他注射了毒药，但她没必要为此而去他的房间。劝诱和催眠暗示的模糊想法浮现在我的脑海中，但这些解释并不符合这件案子，催眠暗示这种犯罪手段也没有很强的医学说服力。有没有可能因为与某个不可告人秘密而发生的勒索有关？考虑到杰弗里的年龄和性格，可能性不大。

所有这些猜测都没能回答一个问题：这个女人是谁？

几天过去了，桑戴克再也没有提这个案子。他大部分时间都不在家，虽然我不知道他在忙什么。更反常的是，博尔顿似乎也抛开了实验室外出去忙了。我猜他抓住了让我负责的机会，在帮桑戴克做私人调查，因为他好像在忙于塞缪尔·威尔金斯的案子。

第二天晚上，桑戴克精神抖擞地回到家里，他的第一个举动就引起了我的好奇心。他走到橱柜那里拿出一盒特里奇诺波利雪茄。抽这种雪茄对桑戴克而言是种奢侈的享受，因为他只有在罕见的场合和特别的节日才会享受它。此举意味着他已经获得了重要信息或解决了非常棘手的问题，我饶有兴趣地看着他。

"很遗憾，这种雪茄实际上相当于毒品，"他拿起一支雪茄细细地闻着说，"对于真正戒烟的人来说，没有任何雪茄像它一样有诱惑力。"他把雪茄放回盒中继续说，"我想晚餐后应该来一支，庆祝一下这个时刻。"

"什么时刻？"我问。

"布莱克莫尔案结案。我正要给马奇蒙写信让他提出中止申请。"

"您的意思是说您已经发现了遗嘱中的一个破绽？"

"绝对的破绽！"他嚷道，"亲爱的杰维斯，第二份遗嘱是伪造的。"

我惊讶地盯着他,因为他这番话听起来就像一派胡言。

"但这事不可能啊,桑戴克,"我说,"不仅证人认出了他们俩的签名和那个画家留下的油指印,而且他们俩都读过遗嘱并记得其中的内容啊。"

"对。那就是这案子的有趣之处。这个问题非常漂亮,我给你一个最后的机会来解答。明天晚上我们必须做出完整的解释,所以你还有二十四小时的思考时间。同时,我要带你去俱乐部用餐,我觉得那里很安全,不会被莎莉巴姆太太发现。"

他坐下来写信,写得非常简短,写好地址,贴好邮票,准备出门。

"走,"他说,"咱们去放松一下吧。把地雷放到福利特街的邮筒里,它爆炸时,我想我应该正在马奇蒙的办公室。"

"那件事,"我说,"会让附近都有明显震感。"

"我也是这么想的。"桑戴克回答说,"明天我一整天都要出门,如果马奇蒙打电话来,你一定要尽力劝他晚饭后来。如果可以的话,让他带上史蒂芬·布莱克莫尔。我很需要史蒂芬,因为他能够为我们提供进一步的信息,并且能确认一些事实。"

我答应他会尽力劝说马奇蒙先生,就算为我自己,我也肯定会尽全力,因为我太好奇了,真想听听桑戴克给马奇蒙解释他那难以想象的结论,答案即将揭晓。不能指望今晚劝我同事会给我透露半点信息。

第二天早上桑戴克离开房间还不到一个小时,就传来了重重的敲门声,开门发现是马奇蒙先生,一起来的还有位律师。看来，我想听桑戴克给马奇蒙做解释的愿望很快就要实现。马奇蒙先生看起来有点不高兴，而他的同伴显然极度恼怒。

"您好吗，杰维斯医生？"马奇蒙进门时说，"我想，您朋友现在不在吧？"

"是的，他到晚上才能回来。"

"嗯。很遗憾，我们非常希望见到他。这位是我的搭档，温伍德先生。"

那位绅士僵硬地鞠了一躬，马奇蒙继续说：

"我们收到了一封桑戴克医生的信，可以说，这封信相当奇怪，实际上它是非常奇特的一封信。"

"这是个疯子写的信！"温伍德先生咆哮道。

"不，不，温伍德，不是那样的。控制一下情绪，求求你。但真的，这封信相当令人费解。它涉及杰弗里·布莱克莫尔的遗嘱，您知道主要的案件事实，但我们无法认同那些事实。"

"这是信，"温伍德先生嚷道。说着他从钱夹里抽出信甩到桌子上，"如果您熟悉这个案子，先生，您就读一下，告诉我们您的看法。"

我拿起信，读道：

已故杰弗里·布莱克莫尔案件

亲爱的马奇蒙先生，

我非常认真地调查了此案，结果表明第二份遗嘱确系伪造。我认为刑事诉讼不可避免，但我们先沟通一下更好。

如果您明天晚上可以来寒舍，我们可以商讨一下此案，若是您能带上史蒂芬·布莱克莫尔先生，我会感到很高兴。他对所有事件和有关各方的了解将会极大帮助我们理清晦涩的细节。

此致，

约翰·伊夫林·桑戴克

"嗯！"温伍德先生狠狠地瞪着我，嚷道，"您觉得这位博学律师的意见如何？"

"我知道桑戴克信件的大体意思，"我回答说，"但我必须坦白地承认我也不太明白。您按照他的建议行事了吗？"

"当然没有！"那位脾气暴躁的律师大喊道，"您以为我们希望自己成为法院的笑柄吗？这件事不可能，极其荒诞，不可能！"

"不会闹笑话的，"我略显生硬地说，因为我有点被温德伍先生的态度惹怒了，"不然桑戴克是不会写这封信的。我同您一样也认为他的结论不可能，但是我完全相信桑戴克。如果他说那份遗嘱是伪造的，我就毫不怀疑它是伪造的。"

"但它怎么可能呢？"温伍德吼道，"您知道立遗嘱时的情况。"

"是的，桑戴克也知道，他不会忽视重要事实。您与我辩论是徒劳，我自己对这个案子都是一头雾水。您最好按照他的建议，今天晚上亲自来和他好好谈谈。"

"那很不方便，"温伍德先生抱怨道，"我们要去镇上用餐。"

"是的,"马奇蒙说,"但这是唯一要紧的事。正如杰维斯医生所说,我们必须相信桑戴克有坚实的证据支持他的观点,他不会犯基本错误。当然,如果他说的是正确的,史蒂芬先生的立场就会完全改变。"

"呸!"温伍德嚷道,"告诉你,他那都是无稽之谈。不过,我同意听一下他的解释。"

"您不要介意温伍德,"马奇蒙暗含着歉意说,"他是个脾气火爆、说话难听的老家伙,但他无意伤人。"温伍德对这话报以拖长的哼声,至于是赞同还是反对就不得而知了。

"我们期待您的到来,"我说,"八九点钟,您会尽量带史蒂芬先生一起来吗?"

"会的,"马奇蒙回答说,"我们可以保证他会跟我们一起来,我已经给他发了一封电报让他参加。"

说完这两位律师就离开了,只剩下我一个人沉思着我同事的惊人言辞。我毫不怀疑桑戴克能够证明他自己的观点,但不可否认的是,他的观点是迪克·斯威夫勒先生所谓的"难题"。

桑戴克回来时,我将两位朋友来访的事告知了他,并且给他描述了他们的情绪。听后,他开心地笑了起来。

"我想,"他说,"马奇蒙看到那封信很快就会来,至于温伍德,我从来没有见过他,但他那类人你不要太介意,我也不太喜欢自以为是的家伙。但是,他既然给我们秀一秀,我们就要好好把握机会让他见识见识。"

桑戴克诡异地笑了笑(晚上我就明白了他那微笑的含义),

问道:"你自己怎么看待这件事情?"

"我已经放弃了,"我回答道,"我的脑子已经瘫痪了,布莱克莫尔案在我看来就像一个精神错乱的数学家提出的一道无解的难题。"

听到我的比喻,桑戴克大笑起来,这让我觉得自己还算是个天资聪慧的家伙。

"走,吃饭去,"他说,"咱们去喝一杯,那傲慢的温伍德不会搞糟我们的心情。此刻,霍尔本的老'贝尔'酒馆更能满足我们的需求。古老的小酒馆有趣、热闹,但是我们必须小心莎莉巴姆太太。"

于是我们就出发了。经过一个星期的禁闭后,我再次看到了可爱的伦敦街道,明亮的商店橱窗,以及人行道上川流不息的众多陌生人。

第十五章　桑戴克引爆地雷

我们刚回到住处没几分钟，内门的铜门环就当当地响了起来。桑戴克亲自去开门，发现来者正是我们所期待的三位访客，他将大家请进来。

马奇蒙说："您看，我们受邀来了。"他此刻表现得有点慌乱不安。"这位是我的搭档，温伍德先生，我想您之前没见过。我们都认为应该听您进一步讲些细节，因为您信中所讲的我们都不太明白。"

"我想是我的结论有点令人意外吧？"桑戴克说。

"不仅如此，先生。"温伍德嚷道，"无论从案件的事实来看，还是从一般的可能性来看，这都绝对不可能。"

"乍一看，"桑戴克表示同意，"可能确实是那样。"

"我现在看依旧那样。"温伍德突然面红耳赤地怒吼道，"可以说，我做执业律师时，你还在襁褓之中呢。您告诉我们这份遗嘱是伪造的，但它可是光明正大地在两名无可怀疑的证人面前见证过的，那两个证人不仅宣誓保证了他们的签名和文件的内容，而且保证了纸上的指印也是他们的。难道那些指印也是伪造的吗？您检查验证过吗？"

"没有，"桑戴克回答说，"其实我对此没兴趣，因为我对证人的签名没有异议。"

听到这，温伍德先生暴跳如雷。

"马奇蒙！"他大声吼道，"这位绅士真不错啊，我相信你认识他。告诉我，他是不是对恶作剧有瘾？"

"啊，我亲爱的温伍德，"马奇蒙叹息道，"求求您，求求您控制一下自己。毫无疑问——"

"去你的！"温伍德咆哮道，"你自己听到了他说这份遗嘱是伪造的，但他对签名却没有异议。"温伍德一拳砸在桌子上喊道，"满嘴胡扯！"

史蒂芬·布莱克莫尔插进来说："我们来这里是为了听桑戴克医生解释他的信，我们能不能听完之后再作评论？"

"当然，当然，"马奇蒙说，"求求您，温伍德，耐心听他把案子讲完，不要打断他。"

"哦，非常好，"温伍德冷冷地答道，"我不会再开口了。"

他坐进椅子里，就好像把自己锁起来，自我封闭了一样。除了当他的内部压力接近爆破点时，他在随后的整个过程中都沉默不语、无动于衷，像尊雕像。

马奇蒙说："就我理解，您掌握了一些我们不知道的新事实？"

"是的，"桑戴克回答，"我们掌握了一些新事实，同时对已知的旧事实重新利用。可是我该如何把这个案子讲给你们听呢？

我是应该按照事件的发生顺序来陈述，然后进行证明，还是重述我的实际调查过程，按照获得事实的顺序把经过和推论讲述给你们？"

"我想，"马奇蒙先生说，"您最好先给我们讲一下您掌握的新事实。如果从中得出的结论不是很明显，我们再细听您的论证。您认为怎么样，温伍德？"

温伍德先生立刻打起精神来，嘀咕出一个词"事实"，随之又突然闭上了嘴。

"你们只想听新事实吗？"桑戴克说。

"如果可以，请讲，只讲事实。"

桑戴克说："很好。"这时我发现他的眼睛调皮地眨了一下，我完全理解，因为我已经掌握了大部分事实，我明白这两位老律师会从中得出多少信息。温伍德马上就要如桑戴克所言，可以"见识见识"了。

我的同事在他旁边的桌子上放了一个小纸箱，从文件夹中拿出一些笔记，然后迅速地扫了一眼温伍德先生，便开始了：

"您向我介绍案件的那天，我得知了第一条重要的新事实。晚上您离开后，我接受了史蒂芬先生的亲切邀请，去查看了他叔叔在纽因的房间。我之所以想这样做，是为了确定死者在那居住期间的习惯。当我和杰维斯医生到达时，史蒂芬先生正在那里，并且我们从他那得知他叔叔是一位东方学者，对楔形文字有非常深刻的认识。然后当我和史蒂芬先生讲话时，我发现了一件很奇怪的事。壁炉上方的墙上挂了很大一幅装裱的图片，上面是古老的波斯楔形文字，但图片是倒置的。"

"倒置的！"史蒂芬惊呼道，"那可真是很怪。"

"确实非常奇怪，"桑戴克说，"但也非常具有暗示性。这张图片明显已经装裱多年，但显然之前从未被挂起过。"

"确实没有，"史蒂芬说，"虽然我不知道您是如何得知的，它之前是立在杰明街的老房子的壁炉架上的。"

"嗯，"桑戴克继续说，"相框制造商在相框背面贴了标签，标签是按悬挂的正确方向贴的，而挂图片的人好像正是按照那个方向挂的。"

"这可真不寻常，"史蒂芬说，"我本以为挂图片的人问过杰弗里叔叔怎样挂才对。而且我想不通他到底怎么会挂了好几个月都没发现呢，他肯定是眼瞎了。"

马奇蒙一直在努力思考，这时他紧锁的眉毛骤然舒展开来。

"我明白您的意思了，"他说，"您的意思是说，如果杰弗里的眼睛真的瞎了，那么有可能某个人就将遗嘱替换成了一份假的，而他可能没有发现就签了字。"

"那也不会使遗嘱成为伪造的，"温伍德咆哮道，"如果杰弗里签了字，那就是杰弗里的遗嘱。如果您认为这属欺骗行为，您可以进行质疑。但他说'这是我的遗嘱'。而且两位见证人读过并确认了。"

"他们大声朗读了吗？"史蒂芬问。

"不，他们没有。"桑戴克回答。

"您能证明它是被替换的吗？"马奇蒙问。

"不能，"桑戴克答道，"但我认为这份遗嘱是伪造的。"

"可它不是。"温伍德说。

"我们现在不要争论了，"桑戴克说，"请您注意文字倒置的事实。我在房间的墙壁上还发现了一些贵重的日本彩印品，上面有最近才生的霉斑；我发现客厅里有一个煤气炉，厨房里几乎没有任何储备或食物，也几乎没有任何、即便是最简单的做饭的痕迹；我在卧室里发现了一个大的空盒子，里面应该能囤积相当多的硬脂蜡烛，约六磅重；我检查了死者的衣服，他有一只靴子的鞋底有干泥巴，那不是我和杰维斯鞋底粘的旅馆的碎石广场上的泥；我发现死者的每条裤腿上都有一条褶儿，似乎裤子曾被卷到膝盖上；在死者的背心口袋里，我还发现了一支'Contango'牌的铅笔头儿；我在卧室的地板上发现了像是手表或项链坠上面的椭圆形玻璃的一部分，但其边缘磨成了双斜面；杰维斯医生和我还发现了一两个小圆珠和一串珠子，都是深棕色玻璃制的。"

马奇蒙一直在注视着桑戴克，而且表现得越来越惊奇。说到这儿，桑戴克暂停下来。马奇蒙紧张地说：

"呃，是的。很有意思，你们的这些发现，呃——"

"是我们在纽因的所有发现。"

那两位律师彼此互视，史蒂芬·布莱克莫尔凝视着炉前地毯上的一点。然后温伍德先生一只嘴角上扬，脸上扭曲出酸酸的不屑的笑。

"如果您查看过，"他说，"会发现很多其他事物，先生。您要是检查了门，会注意到上面有铰链并刷了油漆。您要是查看过烟囱,会发现里面是黑的。"

"好了,好了,温伍德。"马奇蒙驳斥道。他对搭档接下来会说的话感到不安,这真让他头疼。"我真的求您忍住。桑戴克医生,温伍德先生的意思是我们不太明白您的这些观察与案子的相关性。"

"现在可能看不出,"桑戴克说,"不过一会儿你们就会发现它们的相关性。现在我请您注意这些事实,记住它们,以便接下来再说到时,您能跟上思路。当天晚上,当杰维斯医生给我详细介绍了他经历的一场奇怪历险,我得到了一组数据。我不需要向你们赘述所有细节,但我会给你们讲述故事的主要内容。"

然后他讲述了我去给格雷夫斯先生看诊的事,重述了有关各方的个人特征,尤其是病人的,甚至没有忘记描述韦斯先生所佩戴的奇特眼镜。他还简要解释了路线图,并展示给大家看。我们的三位访客迷茫地听着这些赘述,其实我自己也是一样,因为我无法想象我的历险与布莱克莫尔先生的事情会有何关系。这显然是马奇蒙先生的观点,因为在路线图交到他手里时,他有点疑惑地说:

"桑戴克医生,我猜您给我们讲的奇怪的故事与我们感兴趣的事情有些关联。"

"您猜的非常正确。"桑戴克说,"跟这个故事真的非常相关,您马上就会知道。"

"谢谢。"马奇蒙无奈地叹了口气,再次坐回椅子里。

"前几天,"桑戴克接着说,"我和杰维斯医生借助这张图找到了他所说的那所房子。我们发现租客已经匆忙离开，房子正待出租。因为没有其他可调查的，于是我们拿到了钥匙对房子进行了勘查。"

然后他简要介绍了我们的走访和观察到的情况，并列出我们在炉排下发现的东西。这时温伍德先生从椅子上起身。

"先生！"他大嚷道，"这太过分了！我冒着极大的个人不便来您这里，就是为了听您读一串在垃圾中的发现吗？"

桑戴克只是和善地笑了一下，脸上带着一丝愉悦。

"请您坐下，温伍德先生。"他静静地说，"您来这里是要了解案情，而我正在讲述。请不要不必要地打断我，浪费时间。"

温伍德狠狠地瞪了他几秒钟，然后对桑戴克的淡定自若表现出一点蔑视，不服地哼了一声，然后重重坐下，再次闭起嘴。

"我们现在，"桑戴克不为所动，从容地继续讲，"来细细地分析一下这些遗物，从这副眼镜开始。它的主人左眼近视加散光，而右眼几乎可以肯定是瞎的。这个说法完全符合杰维斯医生对其病人的描述。"

他停了一下，没有人发表任何评论，于是他继续讲：

"接下来看看这些小芦苇秆，史蒂芬先生您可能会认出，它们应该是用来蘸中国墨汁写字或画小幅画作的日式画笔的残骸。"

他又停了下来，好像在等听众发表点言论。但没有人开口，于是他继续讲：

"然后这个贴有'戏剧假发制造商'标签的瓶子，曾装着用于固定假胡须、假胡子或假眉毛的胶水。"

他再次停了下来，满怀期待地看了一圈听众，但是他们当中没有任何一个人主动开口。

"难道我描述和展示的这些东西似乎没有一样让你们认为有意义吗？"他用惊讶的语气问道。

马奇蒙先生看着他的搭档，温伍德像一匹躁动的马一样摇着头。马奇蒙说："对我来说没有任何意义。"

"对您也没有吗，史蒂芬先生？"

"没有，"史蒂芬回答，"在目前的情况下，我没有从中得出任何合理的想法。"

桑戴克犹豫了一下，似乎想再多说一些，然后他轻轻耸了耸肩，翻过笔记接着说：

"下一组新事实与最近的支票签名有关。我们拍下了签名的照片并把它们放在一起，以进行对比和分析。"

"我不质疑签名，"温伍德说，"我们已经有了一位高水平专家的意见，即使我们不认同笔迹，法庭也会接受专家的鉴定意见。我认为我们不应有质疑。"

"是的，"马奇蒙说，"确实。我们必须认同签名，尤其是遗嘱上的，已经被证实毫无疑问是真迹。"

"很好，"桑戴克同意道，"那签名先过。有一些有关眼镜的进一步证据，可以验证我们的结论。"

"或许，"马奇蒙说，"那个也过吧。因为我们似乎没得出任何结论。"

"随便。"桑戴克说，"这很重要，但我们可以留着待验证。

"我想下一项您会更感兴趣,这是塞缪尔·威尔金斯的签名和他的目击证词,死者当晚是乘他的车回到旅馆的。"

虽然由证人签字并宣誓保证其真实性的遗嘱一直在吸引两位律师的关注,但正如桑戴克所言,当他读出车夫的证词时,他们的表情迅速漏出毫不掩饰的惊讶。

"这事可真是最神秘啊,"马奇蒙惊奇道,"这个女人会是谁?她这个时候在杰弗里的房间里做什么?您能明白吗,史蒂芬先生?"

"不,我真的不能。"史蒂芬回答,"对我来说完全是个谜。我叔叔杰弗里是个老单身汉,虽然他说不上不喜欢女人,但他最喜欢沉浸在研究中,他不是那种社交型的人。据我所知,他一个女性朋友都没有,他甚至和姐姐威尔逊夫人的关系也不亲密。"

"这很值得注意。"马奇蒙若有所思地说,"这是最值得注意的了。但桑戴克,也许您可以告诉我们这个女人是谁。"

"我想,"桑戴克回答说,"听了下一条证据您自己就会有观点了。我是昨天才获悉的,就是因为它,我的案子才变得很完整,所以我立刻就写信给您了。这是另一位车夫约瑟夫·里德利的声明。不幸的是,与威尔金斯不同,他是个相当迟钝无聊、缺乏观察力的人。他并没有告诉我们很多,但是他透露的一点点信息也极具启发性。这就是他的陈词,由宣誓证人签名、由我见证:

我叫约瑟夫·里德利,是一名马车夫。三月十四日的那个大雾天,我刚送走一批乘客,停在沃克斯豪尔站等客时,大约五点钟有一位女士前来,让我驾车到上肯宁顿街接一位乘客。她中等身材,我看不出她的年龄或长相,因为她头上裹着一条针织羊毛头巾挡雾。我没有注意她的穿着。她上车后,我驾车到上肯宁顿街,距离车道还有一小段路时,那位女士轻拍前窗让我停车。

她下车后让我在原地等着,然后就离开,消失在大雾里了。不久一位女士和一位绅士从她离开时的方向走来。那位女士看起来还是同一个人,但我不能保证,因为她头上裹着同样的头巾或披肩,我注意到她身上披了一件边上饰有串珠的深色斗篷。

那位绅士胡须剃得很干净,戴着眼镜,背驼得很厉害,我说不准他的视力是好是坏。他扶着那位女士上了车,让我驾车去国王十字火车站的大北站,然后他自己也上了车,我就驾车离开了。大约五点四十五分到达车站,他们两人下了车,绅士付了我车费后他们就一起进了车站。我没有发现他们两人中有任何异常。他们走后,我就直接载着新的客人驾车离开了。"

桑戴克总结说:"这是约瑟夫·里德利的声明。我想它会让您明白刚才我讲的那些事实。"

"我不太确定,"马奇蒙说,"这些都太神秘了,您的意思是坐车来纽因的女人是莎莉巴姆太太!"

"完全不是,"桑戴克回答说,"我的意思是那个女人是杰弗里·布莱克莫尔。"

出现一阵死寂。大家都完全震惊了,惊得无话可说,只是坐在那儿,愣愣地看着桑戴克。突然,温伍德先生猛地从椅子上蹦起来。

"天哪!"他吓了一跳,"杰弗里·布莱克莫尔当时和她在一起!"

"是的,"桑戴克回答说,"但我的观点是和她在一起的人不是杰弗里·布莱克莫尔。"

"应该是!"温伍德大呼,"门卫看见他了!"

"门卫见到的是他以为的杰弗里·布莱克莫尔。我的观点是他所相信的是错误的。"

"嗯,"温伍德哼了一声,"或许您可以证明。我看不出您会如何证明,但也许您能。"

他再次坐回椅子里保持沉默,并蔑视地看着桑戴克。

史蒂芬说:"您似乎意指病人格雷夫斯和我叔叔之间有某些联系。我刚才也在思考是否有联系,但不太可能啊,所以又把这种想法抛在一边了。您觉得是否存在联系吗?"

"不只是有联系。我是指身份,我的观点是病人格雷夫斯就是您叔叔。"

"根据杰维斯医生的描述,"史蒂芬说,"这个男人非常像我叔叔。他们都右眼失明,左眼视力很差。我叔叔写日文时总是用您刚刚给我们看过的那种笔,因为我曾亲眼看过他书写,并赞赏了他的技艺。可是——"

"但是，"马奇蒙说，"有一个不可忽视的矛盾之处，这个人在肯宁顿街卧病不起时，杰弗里先生正住在纽因。"

"有什么证据呢？"桑戴克问。

"证据！"马奇蒙不耐烦地嚷道，"怎么，亲爱的先生——"

他突然停了下来，身体前倾，换了一副相当惊讶的新表情看着桑戴克。

"您的意思是认为——"他开口说。

"我认为杰弗里·布莱克莫尔根本从来没有在纽因住过。"

此刻马奇蒙似乎完全惊呆了。

"这个观点真是惊人！"他终于惊呼道，"但不是不可能，因为您在讲这些事实时，我突然意识到除了他弟弟约翰在旅馆见过他，从未有其他人见过他。我们从来没有想过他身份的问题。"

"除了，"温伍德先生说，"尸体。而那当然是杰弗里·布莱克莫尔的。"

"是的，是的，当然。"马奇蒙说，"刚刚我忘记了，尸体已经确定无疑了，您不会对尸体有异议吧？"

"当然没有。"桑戴克回答说。

温伍德先生双手抓着头发，双肘抵着膝盖，而马奇蒙拿出一大块手帕擦了擦额头。史蒂芬·布莱克莫尔期待地轮番看着他们两个，最后开口说：

"我想提一个建议，既然桑戴克医生已经把现在的谜题摆在我们面前了，那么他应该能够很好地把它们组合在一起，为我们提供所需信息。"

"是的,"马奇蒙表示赞同,"这是最好的提议了。医生,请您把论证以及任何其他证据告知我们。"

"论证,"桑戴克说,"将相当长。因为数据是如此之多,而且验证中有一些要点我必须要详细说明。咱们喝点咖啡醒醒脑吧,接下来要给你们讲讲貌似相当冗长的论证,那将考验各位的耐心。"

第十六章　爆炸与悲剧

"各位可能想知道,"桑戴克倒完咖啡递给大家后说,"是什么让我对这样一起看似简单直白的案件进行了如此细致的调查。也许我最好先解释一下,让各位知道我的调查的真正出发点是什么。

"马奇蒙先生和史蒂芬先生,当您二位向我介绍这件案子时,我大致了解了案情,其中有一两点立刻引起了我的注意。首先是遗嘱,遗嘱很怪,因为它完全没有必要,死者的意愿没有发生任何改变,立遗嘱者也没有遭遇任何新情况。简而言之,这根本不是一份新遗嘱,它不过是以不同的而且更不合适的语言复述了第一份遗嘱。它们的区别只是原版本清晰,新版本反而增加了某种模糊性。在立遗嘱者不知情或未预料的情况下,新遗嘱反而可能使约翰·布莱克莫尔成为主要受益人,违背了立遗嘱者的明显遗愿。

"下一点令我印象深刻的是威尔逊太太去世的方式。她死于癌症,而现在人们并不会突然或意外地死于癌症。癌症患者得这种可怕的病,会提前几个月就知道病情。癌症是不治之症,人们可以大概预测患者的大体死期,而且死期可以确定在相对较小的范围内。

"考虑到这种病的特点,现在来看这一系列的事件就觉得过于巧合,也使得真相逐渐大白。威尔逊太太去世于今年三月十二日,杰弗里的第二份遗嘱签署于去年十一月十二日,也就是说,那时威尔逊太太已确诊患癌,她的亲戚如果问过她,也会知道已患癌。

"巧合的是,你们会发现杰弗里先生在习惯上的显著变化以最奇特的方式与之相一致。癌症肯定是早在去年九月份左右就诊断出来了,事实上威尔逊太太就是在那时立下了遗嘱。杰弗里先生是十月初搬去旅馆的,从那时起他的习惯就完全改变了。我可以向各位证明一个变化,一个并非循序渐进而是突然发生的变化,即他的签名特征。

"简而言之,整个一系列特殊情况,杰弗里在习惯上的改变、签名的变化、立下奇怪的遗嘱,都是大约在威尔逊太太最初被得知患癌时开始形成的。

"这个很具有暗示性的事实让我感到很震惊。而且杰弗里先生的死亡日期也非常蹊跷。威尔逊太太于三月十二日去世,杰弗里先生于三月十五日被发现死亡。他显然死于十四日,当天还有人见他活着。如果他早死三天就会先于威尔逊太太过世,那么她的财产就根本不会过继给他,而如果他再多活一两天,他就会得知她去世的消息,那么他就肯定会重立一份有利于他侄子的遗嘱或增添遗嘱附录。

"因此，种种情况都很奇怪地形成巧合并有利于约翰·布莱克莫尔。

"还有一个巧合，杰弗里的尸体刚巧就在他死后的第二天被发现。但尸体可能几周甚至几个月仍未被发现，那样的话，就不能确定他的死亡日期了。那么威尔逊太太的直系亲属肯定会对约翰·布莱克莫尔的话提出异议，他们会认为杰弗里死于威尔逊太太之前，而且提议可能会成功。但是所有这些不确定性的因素都被排除了，因为杰弗里先生在三月十四日亲自提前向门卫付了租金，因此可以毫无疑问地确定他当天还活着。进一步讲，如果门卫的记忆力不可靠或者他们的话不可信，那么杰弗里提供的签署了名字和日期的文件，还有支票，便可以呈上法庭，证明他的确活着。

"所有这一切都是为了证明这是一份可以让约翰·布莱克莫尔继承财产的遗嘱，而立遗嘱者却无意将遗产留给他。遗嘱中的措辞与威尔逊太太的病情如此巧合，立遗嘱者的死亡发生的时间似乎也与那份遗嘱的内容完全相适。或者换种说法：遗嘱的内容、时间、立遗嘱者的死亡方式和死亡情况似乎都精确地与几个月前预知的威尔逊太太的大致死亡日期相合。

"现在各位必须承认这一切错综复杂的巧合都只有一个阴谋，那就是约翰·布莱克莫尔想得到遗产，意图很明显。现实生活中，确实有不少巧合，但不可能一次性有太多巧合。我感觉这件案子中存在太多巧合，若不经认真调查，让人无法接受。"

桑戴克停了一下。马奇蒙先生一直细心听着，并看着他那位默不作声的搭档点点头。

"您已经把这件案子讲得很透彻了，"他说，"我承认之前没把您提出的一些意见放在心上。"

桑戴克接着说："我的第一个观点就是，约翰·布莱克莫尔利用鸦片造成的神经衰弱将这份遗嘱口述给杰弗里并让他写下。当时我请求检查杰弗里的房间，去尽我所能地了解他，并亲自去看看他的住处是否如一般吸食鸦片者的小窝一样肮脏无序。但在去的路上，我仔细考虑了一下这件案子，在我看来这个解释很难与事实相符。我努力去想一些其他解释，翻看笔记时，我注意到有两点似乎值得考虑。一点是，那两位遗嘱见证人都不真正熟悉杰弗里·布莱克莫尔，都是听了他的话就相信了他身份的陌生人。另一点是，除了他弟弟约翰以外没有一个曾认识他的人在旅馆见过他。

"这两点的重要性是什么？可能都没有，但它们仍然表明有必要考虑一个问题：签署遗嘱的人真的是杰弗里·布莱克莫尔吗？虽然尸体的身份已经确定，让人感觉假扮杰弗里并伪造签名签署一份假遗嘱看似不可能，但完全可能，因为这完全解释了我之前所提到的一切巧合。

"但我一时间并无法证明我的推测是正确的，我把它记在心里，等有机会再进行验证，并根据所得到的新线索再去考虑它。

"我比预想更早发现了新线索。当天晚上我和杰维斯医生一起去纽因时，发现史蒂芬先生在那里。从他那里得知杰弗里是一位博学的东方学家，具有相当专业的楔形文字知识。当他给我讲这些时，我越过他的肩膀看到墙上挂着一张倒置的楔形文字照片。

"现在，只能有一个合理的解释。假设有人挂反了，杰弗里不可能没注意到这个错误。尽管他视力有问题，但他并没有瞎。那个相框足足有三十英寸长，每个字几乎都有一英寸长，大约是斯奈伦视力表上D行的十八个字母那么大，视力正常的人在五十五英尺的距离就可以看清。对于这种情况，我只能有一种合理解释：住在那里的人不是杰弗里·布莱克莫尔。

"后来发现的一个事实验证了我的猜测，我在这里提一下。检查死者脚上的一只鞋底时，我只发现了普通街道上的泥土。但我和杰维斯从旅馆的广场走来，鞋底却粘着那种特殊的砂砾泥。那个门卫清楚地表示死者付完房租后穿过广场走回房间，因此，他的鞋上也应该粘着广场上的砂砾泥。那时，我就觉得我的猜测正确率很高。

"史蒂芬先生走后，我和杰维斯彻底检查了那些房间，又发现了一件奇怪的事。墙上挂着一些精美的日本彩印品，上面都有最近刚生的霉斑。杰弗里费尽周折花重金收藏了这些贵重的印刷品，他不应该忍心任凭它们烂在墙上。这就浮现了一个问题：它们怎么会受潮呢？房间里有一个煤气炉，它至少可以保持室内环境干燥。现在是冬天，煤气炉自然会常燃。可墙壁怎么会这么潮湿呢？答案似乎是炉子并没有一直燃着，只是偶尔点燃。通过对房间的进一步检查证明了这个猜测。厨房里没有任何食物储备，几乎连最简单的做饭的痕迹也没有，卧室也同样表明如此，洗漱台上的肥皂都干裂了,没有废弃的旧衣物,抽屉里的衬衫虽然洁净,但看起来明显有衣服长期没穿所特有的发黄褪色。简而言之,房间看起来根本就没有居住过,只是有人偶尔来访。

"然而夜班门卫的话却与我的猜测矛盾,他说经常凌晨一点钟时看到杰弗里的客厅亮着灯,后来有人熄了灯。一个空房间里可能一直亮着灯,但灯灭了就意味着有人把它熄灭了,除非有某种自动装置能设定时间把它熄灭。这样的装置是很简单的,可我搜查房间时却没有发现类似的东西。但当我检查卧室的抽屉时,我发现一个曾装过许多蜡烛的大盒子,现在里面的蜡烛所剩无几了。但是有一个平底烛台的灯座,里有许多蜡烛燃过剩下的灯芯。

"这些蜡烛似乎就解释了那个难题。它们不是用于普通照明的,因为三个房间里都有煤气灯。那么它们是干什么用的呢?而且还需要如此大的量?我随后弄到一些相同牌子(普莱斯硬脂蜡烛,六磅重)的蜡烛做了试验。每支蜡烛不算锥形的顶尖长七又四分之一英寸,发现它们在无风的室内环境中的燃烧速度是每小时一英寸多。可以说一支蜡烛在静止的空气中可燃烧六个多小时。因此,住在这里的人可能在七点钟点燃一支蜡烛后离开,蜡烛会燃烧到凌晨一点多,然后自动熄灭。当然这只是推测,但它可能推翻了夜班门卫的话。可是,如果住在这里的人不是杰弗里,又会是谁呢?

"问题的答案似乎很明显,只有一个人具有制造这种假象的强烈动机,而且也只有一个人可能这样做。如果这个人不是杰弗里,就一定长得非常像杰弗里,像到足以使人们把他的尸体误认为另一个人的尸体。因为设计杰弗里的尸体是这项计划的重要一部分,而且肯定是首要计划。唯一符合这个条件的人就是约翰·布莱克莫尔。

"我们从史蒂芬先生那里得知,约翰和杰弗里尽管晚年外表差异很大,但他们年轻时长得很像。但这种晚年时期长相发生的变化主要是表面上的差异,他们在根本上仍然长得很像。杰弗里通常胡须剃得很干净,视力不好,戴着眼镜,走路时驼背;约翰蓄着胡须,视力良好,不戴眼镜,步态轻快,身体笔直。但假设约翰剃光胡子,戴上眼镜,走路时驼背,这些表面的差异消失后,他俩看上去就会很像了。

"还有一点值得考虑。约翰曾经是一名演员,而且是一名经验丰富的演员。现在,任何一个人稍加用心,经过训练都可以进行化妆伪装,但较难伪装的是仪态和嗓音。不过,对于一名经验丰富的演员来说也不难。对他来说,表演出一个人的个性很容易,况且,那名演员恰恰是想冒充和伪装的人。

"还有一点几乎称不上证据的细节,但值得一提。我在杰弗里背心口袋里发现了一截'Contango'牌的铅笔头,这个牌子的铅笔是卖给股票经销商和经纪人用的。约翰是经纪人,他很可能用过这种铅笔,而杰弗里与股票无关,他没有理由拥有这种铅笔。这个细节只是具有暗示性,并不具有证据价值。

"我们从收集到的整套签名中得出了一条更重要的推论。我曾讲过,去年九月份,签名突然发生变化,其中只有一两次又回到早期的签名风格，并且签名只有两种不同的风格，中间没有过渡风格，这本身就很可疑。但布里顿先生的一句话为我们提供了一条非常有价值的证据。他承认签名的特征发生了变化，但是可观察到那种变化并不影响个人的笔迹特征。这很重要，因为笔迹是笔者个人特征的表现。正如一个人在某种程度上与他的家族中的其他人性格相似，他的笔迹经常也会与他的近亲微妙地相似。我们都知道，一个人的笔迹与他兄弟的笔迹很相像是常见的事，而且有那种独特、微妙的相像。根据布里顿先生的话我们可以推断，如果遗嘱的签名是伪造的，那么就可能是由死者的亲属伪造的。而唯一可疑的亲属就是他的弟弟约翰。

"所有事实都指向约翰·布莱克莫尔是这里的租客，这个假设应该站得住脚。"

"但这些都是纯粹的猜测，"温伍德先生表示反对。

"不是猜测，"桑戴克说，"是假设。这是我们用于科学研究中的归纳推理。我从纯粹的假设出发，假设签署遗嘱的人不是杰弗里·布莱克莫尔，我当时不可能相信它是真的，只是把它当成一个值得验证的命题。然后我利用每一条新线索验证它的真伪。但是每一条新线索都证明它是真的，没有一条线索证明它是假的，那么其概率呈一种等比级数迅速增大，各种概率彼此相乘。这是一种极其可靠的方法，众所周知，如果一条假设是真的，它迟早会让人发现一条可以证实其真实性的重要线索。

"回到我们的论点。我们现在已经有了明确的观点，约翰·布莱克莫尔就是纽因的租客，而且他在假扮杰弗里。我们由此推断，看看能得出什么。

"如果纽因的租客是约翰，那么杰弗里肯定在别的地方，因为他显然不可能藏在旅馆。但他不可能离得较远，因为一旦威尔逊太太过世，就需要他的尸体在短时间内出现。如果他随时可以被利用，那么控制他的人肯定是约翰。他没有自由，因为如果他被人见到或被人认出会带来危险，所以他不能在可以与陌生人接触的地方，他肯定被软禁起来。但将一个成年人限制在普通房屋内并不容易，因为这样做会冒极大的风险，可能被人发现。使用暴力则会在身上留下痕迹，那样在调查中就会被发现并遭到质疑。你们可以想到什么替代方法呢？

"最明显的方法就是让囚犯处于虚弱状态，将他限制在床上。但是这种虚弱状态只能由饥饿、饮食不适或慢性中毒引起。其中，下毒的手法精准得多，产生的效果更可计算，并且更可控，所以慢性中毒的可能性更大。

"到了这个阶段，我回想起杰维斯提到的一个特殊病例，似乎用的就是这种方法。一回到家，我就向他问了更多的细节，他很详细地向我描述了病人和环境。结果相当惊人。我原本只是把他的案子当作说明性的，希望通过研究它能从中得到一些提示。但是当我听到他的描述时，我开始怀疑这两件案子不仅仅是方法相似，而且他的病人格雷夫斯先生可能实际上就是杰弗里·布莱克莫尔。

"因为一些细节太巧合了，病人格雷夫斯先生的大体外貌与史蒂芬先生对他叔叔杰弗里的描述完全吻合，他的右眼虹膜震颤，并明显患有晶状体脱位。据史蒂芬先生所讲，他叔叔在一次跌落后突然右眼失明，我判断杰弗里也患有晶状体脱位，因此右眼表现出虹膜震颤。病人格雷夫斯明显左眼视力很差，由他耳后的眼镜腿挂钩压痕可以证明，因为只有长期配戴眼镜才会留下镜腿挂钩压痕。而杰弗里的左眼视力也很差并长期戴眼镜。最后，病人格雷夫斯的病症表现是慢性吗啡中毒，而且在他体内检测到了吗啡。再一次，在我看来存在太多的巧合。

"至于格雷夫斯和杰弗里是不是同一人，回答这个问题相当容易，因为如果格雷夫斯还活着，他就不是杰弗里。这个问题很重要，我决定立即进行验证。当晚我和杰维斯绘制了路线图，第二天早上我们就找到了房子，但那里是空的并待出租。笼中的鸟早已飞走，而且我们没能发现他们逃去了哪里。

"我们进入房子查看了一番，我已经向你们讲过在卧室的门窗上发现了大量的插销和紧固设备，表明那个房间曾被作为监禁室。我也讲过我们从炉排下面的炉灰中拣出的东西。日本笔刷和那瓶化妆发胶的明显暗示现在就不用说了。但我必须麻烦各位听一下那副已坏眼镜的具体细节，因为我们现在已经发现了一个关键的事实，正如我所说，所有可靠的归纳推理迟早会让人发现事实。

"那副眼镜的样式非常特别。框架是由伦敦穆尔菲尔兹眼科医院的斯托普福德先生发明，并以其名字命名的。右眼配有普通玻璃，就像为盲人或无用的眼睛配备的。镜片破碎得很严重，但其特性还是很明显。左眼的镜片要厚得多，庆幸的是损毁较少，所以我就能够准确检测其度数。

"我回到家后将碎眼镜片放在一起,仔细地测量了镜框,检测了左眼镜片,并写下了一份像外科医生开给配镜师的完整描述。这就是,请各位仔细注意:

> 长期用眼镜。钢材框架,斯托普福德样式,曲边,黄金内衬宽边鼻梁。轴距6.2厘米,镜腿长13.3厘米。右眼是平光镜,左眼近视负575度,散光325度。

"您看,这副眼镜的特性非常与众不同,看起来很有可能是私人订制的。我想伦敦只有一家眼镜公司制造斯托普福德镜框,就是摄政街的派瑞眼镜店。店里的柯克斯顿先生认识我,我给他写了一封信问他是否曾为杰弗里·布莱克莫尔先生定做过眼镜,这是那封信的副本。如果做过,他是否介意告诉我那副眼镜的整体结构,以及开配镜处方的眼科医生的名字。

"他回复了我这封信,和我的那封信的副本钉在了一起。信中说大约四年前他为杰弗里·布莱克莫尔先生定做过一副眼镜,描述如下:

> 长期用眼镜。曲边斯托普福德样式钢材框架,包括弯头镜腿总长13.3厘米,黄金内衬宽边鼻梁,形状完全如处方图所示,轴距6.2厘米。右眼是平光镜,左眼近视负575度,散光325度。眼镜是由温坡街的辛德雷先生开的处方。

"各位,可见柯克斯顿先生的描述与我的一模一样。然而,为了进一步确认,我写信给辛德雷先生询问了一些问题,他是这样回答的:

> 您讲得很对,杰弗里·布莱克莫尔先生右眼因晶状体脱位而患有虹膜震颤(实际上是眼瞎)。他的瞳孔相当大,没有收缩。

"现在我们掌握了三个重要事实。一个是我们在肯宁顿街发现的眼镜无疑是杰弗里的,因为不可能存在一张与杰弗里一模一样的脸,以及一副一模一样的眼镜。第二个事实是,杰弗里的样子完全与杰维斯医生所描述的病人格雷夫斯一致。第三个是,辛德雷先生见到杰弗里时,没看出他有鸦片瘾的迹象。现在,大家是否同意前两个事实已完整地构成了杰弗里的身份证明吧?"

"是的,"马奇蒙说,"我们必须承认能非常确定地证明其身份,尽管医生的证据比律师的证据更异乎寻常。"

"听了下一条证据您就不会这样抱怨了。"桑戴克说,"作为律师,您将会很开心听到下一个证据。几天前,我给史蒂芬先生写信问他是否有他叔叔杰弗里的近照。他有一张,并寄给了我。我把这张肖像拿给杰维斯医生看,问他是否见过照片上的人。他没有受到任何我的提示,经仔细看过后确认为那就是病人,格雷夫斯。"

"天呐！"马奇蒙惊呼道，"这太重要了。杰维斯医生，您准备好宣誓证明他的身份了吗？"

"我毫不怀疑那就是格雷夫斯先生的头像。"我回答说。

"好极了！"马奇蒙高兴地搓着手说，"这会令陪审团更加信服。请继续，桑戴克医生。"

"调查的第一部分结束了，"桑戴克说，"我们现在已经达成了一个明确可证的事实。正如大家所见，这个事实解决了一个主要问题——遗嘱的真实性。因为如果肯宁顿街的人是杰弗里·布莱克莫尔，那么纽因的那个人就不是他，然而是后者签署了遗嘱，并不是杰弗里·布莱克莫尔签署的，也就是说遗嘱是伪造的。这个案件的民事诉讼部分结案了，但剩下的调查难免涉及刑事诉讼。我要继续讲，还是您只对遗嘱有兴趣？"

"先不提遗嘱！"史蒂芬惊呼道，"我想听听您建议如何抓住那个杀死可怜的杰弗里老叔的恶棍，因为我猜他谋杀了杰弗里！"

桑戴克回答说："毫无疑问。"

"那么，"马奇蒙说，"如果您愿意讲，我们想听一听剩下的论证。"

"很好，"桑戴克说，"证据表明，杰弗里·布莱克莫尔被囚禁在肯宁顿街的房子里，并且同时有一个人在纽因冒充他，我们已知那个人最有可能是约翰·布莱克莫尔。我们现在必须要思考一下那个人，韦斯，他是谁？我们可以通过纽因与他取得联系吗？

"我意外发现韦斯和车夫是同一个人，因为他们从来没有同时出现过，韦斯在场时，车夫甚至都不能办取解药这样的紧急事。韦斯总是在杰维斯到达一段时间后才出现，并在他离开之前的一段时间就消失了，在这种情况下他才都有足够的时间去伪装。但是我们没有必要去费力苦想这一点，因为它并不是主要的重点。

"回过来说韦斯，他显然是伪装的，据我所知，他哪怕是在烛光下都不愿意暴露自己。还有一条非常重要的证据，是韦斯戴的眼镜。您听过杰维斯对那副眼镜的描述，韦斯的眼镜有非常奇特的光学特性。从佩戴者的视角透过镜片看时，那镜片是平面镜；从外人的视角看镜片时，那镜片看起来像透镜。只有一种玻璃具有这些特性，那就是具有曲度的平行表面的手表玻璃。但是一个人出于什么目的会佩戴表玻璃眼镜呢？显然不是为了提高视力，唯一目的就是伪装。

"这副眼镜的特性给案子引入了一个非常奇怪而又有趣的元素。对于大多数人而言，出于伪装或冒充他人目的，佩戴眼镜似乎是非常简单和容易的。但其实对于视力正常的人来说，做到这点并不容易。因为如果他戴远视镜，根本就看不清楚；如果戴近视镜，就会使他视力紧张疲劳，从而使他双眼患疾。在舞台戏剧中这个难题由戴平面镜解决，但在现实生活中几乎做不到，平面镜的特性会立即被人发现从而引起怀疑。

"因此角色冒充就处在了这样的两难中：如果他戴真正的眼镜，就会看不清东西；如果他戴平面镜，就很有可能被人发现伪装。只有一种办法可以解决这个难题，尽管这种办法并不非常令人满意。但韦斯先生似乎没有更好的办法,只好采纳了它,那就是如我所述,使用手表玻璃作镜片。

"我们从这副特殊的眼镜中能得出什么呢?首先,它证实了我们的观点,韦斯戴着一副假眼镜进行伪装。其实,普通的舞台眼镜就够了,因为这是一间光线非常昏暗的房间。第二条推论是,这副眼镜本是准备在更好的光线条件下佩戴的,比如说在室外。第三条推论是,韦斯视力正常,不然他就会戴一副适合自己视力的真眼镜了。

"这些就是得出的推论,我们过后可能会回来再看。但这副眼镜又为我们提供了一条更重要的提示。我在纽因的卧室地板上发现了一些被踩过的玻璃碎片。将其中的一两片拼在一起后,我们能够得出其原物件的一般特征。我的助理以前是个钟表匠,他认为原物件是女士手表上的薄水晶玻璃,杰维斯也这样认为。其中有一小片仍然保留了原物件的边缘,但在两个方面证明它并不是一块手表玻璃。首先,我仔细查看了那个边缘,发现它的弧度是椭圆的,而如今的手表玻璃是正圆形。第二,手表玻璃的边缘被打磨成单斜面以卡入边框,但是这个物件的边缘像眼镜片一样被打磨成双斜面,以装入框架的凹槽中,并由镜腿的螺丝固定。因此只能推断出它是眼镜片。果真如此的话,它肯定与韦斯先生所戴的那副眼镜具有相同特性。

"考虑到韦斯先生眼镜的异常特性,这个推论的重要性便很明显了。那副眼镜不仅仅是特别或奇特,很可能是独一无二的,极有可能在整个世界上再找不到另一副相似的眼镜了。从在卧室里发现的这些玻璃碎片可以得知韦斯先生有时很有可能在纽因。

"咱们现在来将这部分论证串联起来,目的是需要搞明白韦斯的身份,他是谁?

"首先,我们发现他在秘密地实施犯罪,受益者只有约翰·布莱克莫尔,因此初步判断的结果是,韦斯很有可能就是约翰·布莱克莫尔。

"另外,我们发现韦斯视力正常,却为了伪装而戴眼镜。我们已知纽因的租客几乎肯定是约翰·布莱克莫尔,或者说假设那个租客就是约翰·布莱克莫尔,他视力正常,却也戴着眼镜伪装。

"约翰·布莱克莫尔没有住在纽因,而是住在某个容易到达的地方。而韦斯住在一个容易到达纽因的地方。

"约翰·布莱克莫尔肯定控制了杰弗里。而韦斯也控制了杰弗里。

"韦斯戴着一副特殊的眼镜,很可能是独一无二的。而我们在纽因的房间中也发现了这副眼镜的一部分。

"因此,极其可能韦斯和纽因的租客就是同一人,约翰·布莱克莫尔。"

温伍德先生说:"这个结论相当可能。但中间论证部分都只是假设,会有漏洞。"

桑戴克和蔼地笑了一下,我觉得他因温伍德的这句话而原谅了他的一切。

"您说得很对,先生,"他说,"确实如此。正因为此,这个结论不是绝对的。但我们千万不能忘记，甚至逻辑学家偶尔也会忽视，合理的假设与定论相似的概率极高。确定罪犯身份常用的柏提永氏人体测验法和英国指纹测验法也常常使用推理，其推理结果往往与实际情况非常相似。"

温伍德先生哼了一声勉强表示同意，桑戴克继续说：

"我们现在已经有了三条相当确凿的证据：已经证明病人格雷夫斯就是杰弗里·布莱克莫尔；纽因的租客是约翰·布莱克莫尔，而那个人韦斯也是约翰·布莱克莫尔。我们现在必须证明约翰和杰弗里在杰弗里去世的当晚一起在纽因的房间里。

"我们知道有两个人，而且只有两个人，当初从肯宁顿里来到了纽因。但其中一个人是纽因的租客，那就是约翰·布莱克莫尔。那么另一个人是谁呢？我们已知杰弗里在肯宁顿街，他的尸体第二天早上在纽因的房间里被发现。此外没有第三个人从肯宁顿街来，也没有第三人到达纽因。通过排除可以推断，第二个人，那个女人，就是杰弗里。

"约翰把杰弗里从肯宁顿带到旅馆，当时约翰正在冒充杰弗里，并且化妆得非常非常像他。如果杰弗里不加化妆掩饰，那么他们两个人会看起来几乎一模一样，这样无论怎样都会引人瞩目，并且在其中一人死亡后会引起怀疑。因此，杰弗里必须以某种方式被乔装起来，那么哪种乔装方式会更简单有效呢？

"此外，还有一个人——车夫——应该知道杰弗里那天晚上不是一个人来到旅馆的。如果这件事泄露了，大家就会知道有一个男人陪着他回到住处的事，这可能会引起怀疑，而怀疑的对象就会指向约翰，因为他对他哥哥的死亡有直接的兴趣。但是如果消息传出杰弗里是由一个女人陪伴去旅馆的，就不会那么可疑了，并且不会将对象指向约翰·布莱克莫尔。

"因此所有的总可能性都倾向于一个假设：那个女人就是杰弗里·布莱克莫尔。有一份证据可以强烈支持这一假设。当我检查死者的衣服时，发现他的每只裤腿上都有一条横折痕，好像裤子曾被挽到膝盖。如果我们假设裤子被挽起，穿在裙子里，以免被人意外发现，那么这一点就很容易理解了。否则那就是相当令人费解的。"

"这不奇怪吗？"马奇蒙说，"难道杰弗里会允许自己被打扮得那么异常？"

"我不那样认为，"桑戴克回答说，"没有理由假设他清楚自己是被如何装扮的。您听过杰维斯对他情况的描述，他只不过是一个机器人。您知道，他如果没有眼镜，就几乎是一个盲人，而且他不可能戴着眼镜，因为我们在肯宁顿街的房子里发现了他的眼镜。他可能先被头巾包住了头，然后才被穿上裙子和披风。但无论如何，他的情况表明他实际上已经没有控制力了。一切证据都表明，这个无名氏女人就是杰弗里。这个推断并非决定性的，但足以令人信服，虽然指控约翰·布莱克莫尔的案子并不完全取决于此。"

"我猜，您要指控他谋杀？"史蒂芬说。

"毫无疑问。您将发现，所谓的杰弗里对门卫说的暗示自杀的话现在成了重要的证据。据目前情况来看，宣称企图自杀实际上是要实施谋杀,这样做的目的不过是想证明杰弗里死于自己的手中。"

"是的,我明白了。"史蒂芬说。他停顿了一下后问道,"您确定莎莉巴姆太太的身份了吗?您还未讲过任何有关她的事呢。"

"我考虑过了,我认为她与本案无关,"桑戴克回答说,"她只是一名从犯,而我的职责是抓主谋。但是她当然会被通缉,约翰·布莱克莫尔的犯罪证据将会定她的罪。我并没有对她的身份感到困扰。如果约翰·布莱克莫尔已婚了,那么她很可能是他的妻子。您知道他是否结婚了吗?"

"结婚了,但约翰·布莱克莫尔太太长得并不太像莎莉巴姆太太,除了左眼斜视。她是一个肤色黝黑的浓眉女人。"

"那就是说,她与莎莉巴姆太太只是在可以人为改变的特征上有所不同,而那些不可改变的特征却很相像。她的教名是不是波林?"

"是的,是的。她叫波林·哈根贝克小姐,在一家美国戏剧公司工作。您怎么问这个?"

"我觉得杰维斯所听到的可怜的杰弗里费力发出的名字最像波林。"

"我突然想到一点,"马奇蒙说,"门卫居然没有注意到杰弗里的尸体与他平时所见的活着的'杰弗里'不同,这难道不相当值得注意吗?毕竟他们在外表上存在一些不同。"

"我很高兴您提出这个问题,"桑戴克回答说,"在这个案件的起初,我也这样认为很难解释此点。但经仔细思考后,我认为它只是想象中的困难，因为毕竟这两个人之间有很多相似之处。您处在门卫的角度换位思考一下，他被告知有一个死人躺在布莱克莫尔先生卧室的床上，他自然就会以为死者就是布莱克莫尔先生，而且就在前一天晚上他还曾暗示过想自杀。他带着这个想法进入房间，看到一位长得十分像布莱克莫尔先生的人穿着他的衣服躺在床上。他从未想过尸体可能是另一个人，即便他注意到了任何外表上的差异，也会把它归因于死亡的影响。因为大家都知道，一个人死后和活着时看起来有些不同。我认为约翰·布莱克莫尔极其聪明，他不仅能非常精密巧妙地设想出门卫的思维过程，而且能设想出大家基于门卫的话所做出的错误推理。因为既然尸体确实是杰弗里的，而且由门卫确认了死者为这里的租客，那么每个人都会认为杰弗里·布莱克莫尔就是纽因的租客。"

一阵短暂的沉默后，马奇蒙问：

"是否可以认为我们已经听您讲完了所有证据？"

"是的，"桑戴克回答，"这些就是有关案子的所有内容。"

"您向警方提供资料了吗？"史蒂芬急切地问。

"已经提供了。我一拿到马车夫里德利的声明，并自认为有足够的证据来确保我的推论可信，就给伦敦警察署打了电话，并与警务处处长助理见了面，接受了他的问询。案件由刑事调查局的局长米勒负责，他是最具洞察力和精力最充沛的警官。我一直在期待开始抓捕的消息，米勒先生通常会一丝不苟地通知我案件的进展情况。但毫无疑问，我们要等到明天了。"

"看来目前，"马奇蒙说，"这个案子似乎已经不归我们管了。"

"我还是会提出中止诉讼申请的。"温伍德先生说。

"没必要了,"马奇蒙反对道,"我们所听到的证据足以确保定罪了,警方接手案件后会调查出更多内容。伪造遗嘱和谋杀罪成立必然会使第二份遗嘱无效。"

温伍德先生反复说:"我还是会提出中止申请的。"

两位律师对这个问题的讨论变得越发激烈了,桑戴克建议他们可以根据后续的事在闲暇时再讨论。听到这里,我们的客人便准备离开,因为现在已经将近午夜了。门铃响起时,他们正朝门口走去。桑戴克迅速打开门,当他认出来者是谁时,立刻表示热烈欢迎。

"哈!米勒先生,我们刚刚正说您呢。他们是史蒂芬·布莱克莫尔先生和他的律师马奇蒙先生、温伍德先生。我想,这位您认识,杰维斯医生。"

那位警官向我们的朋友们鞠躬致意并说:

"看来我到的刚好及时,再晚几分钟我就要错过各位先生了。不知各位认为我会带来什么消息?"

"但愿您没让那个恶棍跑掉吧?"史蒂芬说。

"嗯,"警官说,"他从我的手里和你们的手里都跑掉了,那个女人也是。也许我最好告诉各位发生了什么。"

"请讲。"桑戴克一边请警官落座一边说。

警司好像经历了漫长而艰苦的一天,他沉沉地坐下,然后便立即开始讲述。

"我们一得到您的情报就下达了逮捕他们两人的命令,然后我、巡警拜哲,还有一名警官径直去了他们的公寓。我们从侍从那里得知他们不在家,预计直至今天中午才会回家。我们监视了他们的房间,今天上午在预计的时间有一对符合描述的男女到达公寓。我们尾随他们进入大楼,并目睹了他俩进入电梯。当我们也正要进去时,那个男人拉了绳,电梯就载着他们上楼了。我们只能尽量快地跑楼梯上楼,但是他们率先到达,我们只看到了他们溜进房间并关上了门。然而他们似乎已经跑不掉了,因为在那个高度的人不可能跳窗逃跑。所以我们派那名警官去找一名锁匠开锁或破门,我们则不停地按门铃。

"警官离开后大约三分钟,我不经意间从楼梯平台的窗户向外看,结果看到一名车夫在公寓对面停了车。我把头伸出窗外,就看见那两个人上了马车。似乎那间公寓内有一部小电梯与厨房相通,他们就是逐个从那里滑下去的。

"我们像杂耍演员一样又跑下楼,但当我们到楼下时那辆马车已经迅速离开了。我们冲进维多利亚街,看到它已经走到那条街的一半了,并像赛车一样快速飞奔。我们搭上另一辆马车并告诉车夫跟住那辆车,我们马车的速度几乎跟他们那辆车一样快。我们沿维多利亚街和大圣殿走,穿过议会广场和西敏大桥,然后沿约克路走。我们一直跟着那辆马车,但是始终无法接近它。我们转进滑铁卢车站,我们的车上坡时遇到另一辆车刚好迎面下坡,那辆车的车夫竟朝我们飞吻微笑,估计他就是我们一直在追的那个车夫。

"但当时来不及问他了。那个车站有很多不同的出口,真是棘手,而且似乎我们的猎物很有可能已经离开。但我决心碰碰运气。我记得这个点是南安普敦快车要发车的时间,于是我跨过铁路,抄了捷径到达它的始发站台。我和拜哲刚到车尾,大约距火车尾三十码,就看到一男一女在前面跑。站台的警卫吹响口哨,火车已开始驶动,但那对男女设法爬上了末节车厢,我和拜哲便疯了一样冲上月台。一个行李员试图拦住我们,但拜哲把他推倒了,我们从没跑那么快过,就在火车开始提速时我们跳上了列车员车厢的踏板。乘警无法冒险把我们赶下车,所以他勉为其难地让我们进了车厢,正合我意,因为这样我们就可以从瞭望室同时监视列车的两侧。我们监视他们,但那个男人在前面也看见我们了,因为我们爬上列车踏板时他的头正伸出窗外。

"列车停在南安普敦西站,我们立刻在那里跳下车,因为我们预料他俩会急奔向出口,结果毫无动静。拜哲监视着月台,我一直紧盯着以确保他们没有越过铁路从侧面溜走。但就是不见他俩的踪影。我走到他们上的那节车厢,结果发现他俩好像在靠窗的角落里睡着了,那个男人张着嘴向后靠着,那个女人把头靠在他肩上。我进入车厢看他俩时,她迅速扭过身,双眼微闭,看起来好像在以一种最可怕的表情四处看我。后来我才发现她那副看起来很奇怪的四处窥视的样子是因为斜视。"

"我猜,他们死了?"桑戴克问。

"是的,先生,死了,我在车厢的地板上发现了这些。"

他拿起两个黄色的小玻璃管,每一个上面都贴着"**皮下注射**

片剂乌头碱硝酸盐 1/640 克"的标签。

"哈！"桑戴克惊呼道，"看起来这个家伙也擅长用生物碱毒品。他们似乎已经为紧急情况做好了准备，这些玻璃管内每支都有二十片，他们吞下了正常药用剂量的十二倍，所以我们可以设想，他们肯定在几分钟内就会毙命。这也是很仁慈的死法了。"

史蒂芬嚷道："想到他们让可怜的杰弗里老叔遭受的痛苦，这比他们应得的死法仁慈得多了。早知如此，我就把他们绞死了。"

"这样更好，先生。"米勒说，"现在没有必要再详细审讯了。将谋杀的审判结果公之于众对您来说是很不愉快的，因为他们都是你的亲戚。我真希望杰维斯医生当初是把线索给的我，而不是那个脑子混乱、畏手畏脚的家伙，我回去肯定不会放过我那些警察兄弟的，人经历事后才会变聪明。晚安，先生们。我想这起意外要让您费心处理那份遗嘱了吧？"

"我想是的，"温伍德先生承认说，"我会提出中止诉讼申请的。"